うちの嫁がすごい
〜だって竜神〜

Sui Awaji
淡路水

CHARADE BUNKO

Illustration

駒城ミチヲ

CONTENTS

1.

ざあ、という静かな波の音。

ゆっくりと息を吸い込むと、潮の匂《にお》いがした。そして心なしか舌の上にも塩気のある空気が感じられる。

海渡《かいと》脩平《しゅうへい》はゆっくりと目を開ける。

寝ないでおこうと思ったのに、いつの間に眠ってしまったのか。

波の音は胎児が母親の中で耳にする音と似ていると聞いたことがある。だからリラクゼーションにも波の音を使うことが多い。落ち着けるのだという。

だからだろうか。すとんと眠りに落ちてしまったのは。

まだ真夜中なのか、動かした視線の先にある小窓から見えるのは星がきらめく夜空だ。

だとしたら、寝入ってからそんなに時間は経《た》っていないのかもしれない。

春になって気温が上がってきたが、朝晩にはまだまだ冷え込む。……と思ったところで、急に身体《からだ》が冷えた気がし、ぶるりと身体を震わせた。

「んなペラいもんだけじゃ寒いって」

白い薄っぺらい着物の上に被《かぶ》っていた毛布をかき合わせる。

「とりあえず……起きるか」

よいしょ、と脩平は身体を起こす。

そうして暗がりの中で自分の身体を検分した。

「……どっこも食われてねえな」

腕や脚、そして腹。傷もなければ特別痛みもない。

ただ板の間に寝ていたせいか、いくらか身体はギシギシしていたが。

寝泊まりはかろうじてできるとはいえ、なにしろこのすきま風だ。おまけに板張りの床はところどころでこぼこしているのが気になって、気持ちよく休めるというわけにはいかない。布団《ふとん》もないし、近頃の運動不足もあってか腰も怠《だる》い。

「やっぱ、生《い》け贄《にえ》なんてさー、そんなんあるわけねえじゃん」

は、と脩平は鼻で笑う。

脩平がこの場所——小さな島のお社《やしろ》——へやってきたのは、ここに祀《まつ》られている竜神に贄として捧《ささ》げられるためだ。

朝から日没まで行われた集落での無駄に仰々《ぎょうぎょう》しい神楽《かぐら》と宴会の後、この社へとやってきた。

——五十年に一度、海渡の血を引く若者を贄として捧げる。

幼い頃から慣れ親しんだこの社で、まさかこんな時代錯誤も甚《はなは》だしい神事が本当に執り行われるとは思わなかった。

昔からなんとなくは聞いていたものの、どうせ形だけだろうと高をくくっていた。

（まさかガチだったなんてな……）

贄として捧げられた者は姿を消してしまい、もう家族のもとへ帰ることはない、というのが昔から言い伝えられている。ということは自分もきっと竜神に食べられてしまうのだろう。あるいは、海の奥深くに沈められて、魚の餌《えさ》となってしまうか。

でなければ、年齢制限のある媒体でのあれこれよろしく身体をいいように弄《もてあそ》ばれ蹂躙《じゅうりん》されて、性奴となってしまう……というベタな展開を想像し、女性ならともかく男の自分にそれは可能だろうかと真剣に考える。

男でも、例えば見目麗しい美少年ならそれもアリかもしれない。いや、それならもしかしたら自分だってイケる。世の中には性別を超越したうつくしい人間というのは確かに存在しているのだ。そういう人間であれば竜神様だって手込めにしたくなるかもしれない。

だが上背もあれば肩幅もあり、ゴツゴツと骨張っているただの男の身体に果たして竜神様は興味を抱くのか。イマドキの青年よろしく脚は長いが、鍛えてもいないから筋肉もない。男が惚《ほ》れる男としての資質にもいまひとつ欠けている気がする。

「うーん……。やっぱ無理だろ……」

そうして、竜神様にも好みがあるよな、と脩平は自分の身体をまじまじと見ながらその案は頭の中で却下した。

だが、夜半を過ぎた今、自分の身体はなにもおかしいところはない。あやしい気配も特にはない。

「だよなあ、生け贄なんてさー、どこのホラーだよってんだ」

誰もいないのにわざと声を張り上げるのはほんのちょっぴり残っている恐怖心のせいか。その事実を見て見ない振りをし、あーあ、と脩平が大きく息をついたときだった。

『そうですよ。生け贄なんかいらないんです』

どこからか、鈴の音を鳴らすような凜《りん》と澄んだ響きの声が聞こえた。

「だよな。だから言ったんだよ、おれ——って！　なっ、なに！　今の！」

聞こえた声に反射的に相槌《あいづち》を打って——そして、脩平は飛び上がった。

今の声は誰のものだ……？

ここには自分しかいないはずだ、と脩平はきょろきょろとあたりを見回した。

「誰だ！　いるなら出てこい！」

毛布を抱え壁まで後ずさりながら、大声を出す。

ホラー映画は嫌いではない。オカルトチックなものも中学生くらいのときには興味津々だったし、大人になった今だって、夏になると恒例の心霊番組を録画して観《み》るくらいには怖いものに対する耐性があると思っている。

が、しかし。しかしだ。

聞こえてきた声は、なんだ。空耳にしてはやけにはっきりしていた。となると、まだ自分は眠っているのか。そしてこれは夢なのだろうか。

脩平は自分の頰《ほお》を思いっきりつねった。

「いってえええええ！」

痛い、痛い。痛いというからにはこれは夢でもなんでもなく現実だ。リアルにあの声を自分の耳は捉《とら》えたのだ。

『あの……大丈夫ですか……？』

その声は再び脩平の耳に飛び込んできた。

「だから！　出てこいって言ってんだろ！」

背中には嫌な汗が伝い、手にも汗を感じている。たぶん今の心拍数はいつもの倍以上に跳ね上がっていることだろう。心臓が口から飛び出しそうになって、身体中の血管という血管が全部動脈にでもなったかのように、大きく拍動していた。

誰の声だ。脩平は出てもいない唾《つば》をごくりと飲み込む。

『あ……そうですね。では……』

やけにのんびりした声が聞こえるなり、あたりがほわん、と仄《ほの》かに明るくなる。と同時に、人の姿が現れた。その姿は光に覆われて、はっきりとはしないが、確かにそこにいる。

「～～～～～～～～～～！」

超常現象、と一言で片づけるにはあまりに異常すぎる。たった今、己の目の前で起こった光景をどう説明していいのか。

これはなんだ。幽霊か。幽霊がこんなにはっきりとした形で現れるのか。

いや、もしかしたら孤島で一般人を巻き込んだ新手のイリュージョンなのか。こんな大がかりな仕込みをするテレビ局はどこだ、などと脩平の頭の中でパニックが起こる。

光る人型は徐々に光量がトーンダウンしていき、「あの……」と脩平に声をかける頃にはその姿ははっきりとした形になった。

それは長い髪のうつくしい人だった。さきほどの光が名残《なごり》のようにあるため、あたりは暗がりでもなにもかもよく見える。

女……いや、男か。とても中性的でどちらにも見える。ただなよやかな身体つきではあるが、胸の膨らみは見られないし、腰が細すぎる。女性であればもういくらかは腰のあたりに丸みがあっていいはずだ。だからおそらく男性なのだろう。とはいえ、その中性的な容姿が非常に魅惑的でもある。

さっき生け贄に捧げられる美少年の妄想をしていたが、まさしく自分が想像したような美少年……ではなく、美青年がそこにいる。

やさしげな顔立ちと白い肌。青にも緑にも見える不思議な色合いの瞳《ひとみ》に、瞳の色と同じ色

をした着物が彼の麗しさを引き立てている。おまけに紅をさしたような紅《あか》い唇が色白の肌に映え、また銀色の長い髪は絹糸のように細く艶《つや》やかで、脩平はついつい見とれてしまっていた。

しばらく呆《ほう》けたようにその彼——たぶん——を見ていたが、はっと我に返る。見とれている場合ではない。

「だっ、誰だ……っ！　おまえっ」

まるでドラマの一シーンのように指をさすと、そのうつくしい人はにっこりと笑う。

「はい、わたしはこの社に住んでおります、蒼波《あおなみ》と申します」

「住んでるって！　だって！」

住んでいるわけないじゃないか、だってここは人が住める場所ではない。そう言おうとすると遮られるように蒼波と名乗った彼は口を開いた。

「あの、わたし竜神なので」

「は？」

脩平の口から、素《す》っ頓狂《とんきよう》な声が漏れた。

今、なにを聞いた……？

竜神？　竜神と彼は言ったような。しかもさらっと。

「ええ、竜神なんです」

脩平の心の声を聞いたかのように、蒼波は答える。

「はあああ？　あんた気は確かか？」

目を剝《む》いて、脩平は蒼波に詰め寄った。

「はい、あの……信じてもらえないかもしれないんですけれど、一応……」

はにかんだような笑みを浮かべて、蒼波はもじもじとしながら「竜神です」と、はっきりと口にする。

「そんなん信じられるかよ」

脩平は疑わしげな目を蒼波に向けた。

その言葉に彼はしょぼんと肩を落とす。

「ですよね……」

「あのさ、じゃああんたが竜神って証拠見せてよ。そしたら信じる。だいたいいきなり現れて『竜神です』って言われてもなにを根拠におれは信じればいいわけ？」

「まあ……そうですすよね」

「だろ？」

蒼波はちょっとだけ考える素振りを見せ、意を決したように脩平をじっと見つめた。

「では……」

蒼波はいきなり帯を解くと、脩平に背を向け、するりと着ている着物を床に落とした。

「ちょ……っ！　な……っ！」

彼の白い背中が目に入る。なにをするつもりなのか。もしかして色仕掛けでたらし込まれちゃうわけ、とかなんとか思いつつ、艶《なま》めかしい彼の姿態に脩平は思わず顔を手のひらで覆った。なんだか見てはいけない気にさせられる。

途端、まばゆい光が蒼波を包んだ。

「うわっ」

なにが起こったのだ、と顔を覆った手をはずし、目を細めながら光を見つめる。

そしてそこにいたのは——。

「ちっさ！」

小さい、と思わず叫んでしまうほど、たいそう小さな竜がふわりと浮かんでいる。

ぬいぐるみくらいのサイズと言えばいいのだろうか。一メートルはなく、せいぜい七〇～八〇センチくらいの大きさだ。白いというより青みがかった銀色の、月の蒼さと海の色を混ぜ込んだかのような光沢の鱗《うろこ》。

精巧なフィギュアとも思えてしまう、ミニサイズの竜だった。

脩平はまじまじとその竜を見つめる。小さいがやはり本物の竜だけあって、その姿はうつくしい。でもまったく怖くはなかった。

竜というから、大きく荘厳な生き物を想像していたが、自分の前にいるのはとても可愛《かわい》らしい生き物だ。

竜もミニサイズになるとこんなにキュートになるとは。

『あの……これで信じてもらえますか』

蒼波と同じ声の竜が、脩平におずおずと話しかける。

けれど脩平は蒼波が問いかけているのにも拘《かか》わらず、答えもせずに目の前の竜に見入ってしまっていた。

「う……ん。……なあ、ちょっと触っていい？」

『え？　え？　あっ！』

蒼波が返事をする前に、脩平は竜の背に指を滑らせた。

瑞々《みずみず》しい竜の肌。鱗は柔らかくざらつきは気にならない。もっとごわごわしているかと思っていたけれど、さらりとしていてしっとりと手に吸いついてくる。

「へえ……」

調子に乗って、脩平はあちこち触りまくった。背や腹、そして顔。

『くっ、……くすぐったいです……っ、あのっ……』

小さな竜は全身をくねらせ、涙声で訴える。

「あ、わりぃ。つい。……本当にいたんだなと思って。ごめんな」

脩平は、蒼波の声にぱっと手を離し、謝った。いくらなんでもちょっと無遠慮すぎたと反省する。

だがまさか本物の竜にお目にかかれるなど思ってもみなかった。

夢だとしたらあまりにもリアルだ。しかしさっき脩平は自分で頬をつねって、これが夢ではなく現実だとわかっている。

現実離れした事象というのは、あまりに突拍子もないとかえって人間冷静になれるものなのだな、と脩平は妙に感心した。

『しゅ……脩平さん？　どうかしましたか？』

突然黙りこくった脩平の顔を蒼波が心配そうに覗《のぞ》き込む。小さな竜が顔を上げてつぶらな瞳でじいっと見つめる様に脩平の心はきゅんとなった。

「いや、大丈夫だ。……ところで、あんた、おれの名前知ってんの？」

改めて竜の蒼波へ向き直る。

『はい、もちろんですよ。脩平さんが生まれたときから知っています。毎年お正月にはお参りにきてくださいましたし。でも東京に行かれたのですよね。ちょっとさみしかったのですが、こうして久しぶりにお顔が見られてうれしいです。それに――』

「それに？」

『いっ、いえっ、なんでもありません。とにかくお元気そうでなによりですっ』

蒼波は小さな身体を揺らし、無邪気な声で脩平に話しかけてくる。

脩平はとても複雑な気分だった。

なぜなら、ほわほわとした雰囲気のこの蒼波に、これから自分は贄となって食べられてしまうのだから。

どういうふうに食べられるかはわからないし、この小さな生き物に食べられてしまうというのもいまひとつ解せないものがあるが仕方がない。

——これも海渡の家の者の役割。

祖父の言葉が脳裏に蘇《よみがえ》る。

竜、という存在を自分の目で見てしまった以上、現実を受け入れるしかない。この生き物が目の前に現れなければ、「単なる迷信だろうが」と笑い飛ばせたものを。

ただ、ひとつ、よかったと思うのはこの役目を小さな赤ん坊に負わせなくてよかった。それだけは自分がここにきた甲斐《かい》があったと脩平は自分で自分を褒めてやる。

つい数日前、七年ぶりでこの故郷に降り立った日のことを思い出しながら。

2.

「……なんにも変わってねえな」

海渡脩平は、一日に数えるほどしか走っていない路線バスを降りるなり、ぐるりとあたりを見回しながら、ぼそりと呟《つぶや》いた。

七年ぶりの故郷だから、いくらかは懐かしい気持ちになるかと思ったけれど、たいして感慨深くもない。

脩平の目に映るのは青い海原。まるでブルーハワイのカクテルに細かく砕いた氷を入れたような、きらきらとした光をたたえた真っ青な海面に、いくつもの大小取り混ぜた緑の島々が浮かんでいる。風光明媚《ふうこうめいび》な景色だ。

だが呟きにはなんの感情も混ざっていない。生まれ育ったこの場所が変わることがないというのは、脩平自身が一番よく知っているからだ。

脩平が降りたバス停は少し小高い位置にあり、そこから見える海を眺めると、小さな湾を挟むように左右に山が迫っている。

視線を落とすと、そこには漁村の家々が寄り添って立ち並んでいた。あの海と山に挟まれた、断崖《だんがい》の間のわずかな土地にひっそりと存在している集落が自分の生まれ育った場所だ。

この景色のあまりの変わりなさに、自分がこの場所から遠ざかっていたのは夢だったのかと思えるほどだった。

けれど、と脩平は思う。

ここはこれまでも変わろうとはしなかったし、これからも変わりはしないだろう。

「へえ、この落書きまだ残ってるし」

バス停の待合所の壁に大きく書かれた『東京』という文字。

その二文字を指でなぞりながら脩平はクスクスと笑う。

この落書きは、脩平自身が高校生のときに書いたものだ。時が経った今、それを見るのは黒歴史すぎて恥ずかしいが、書いた当時は真剣に東京へ行きたくてたまらなかった。東京へ行ったら――というより、ここを出ていけば世界が広がるような気がして。

「さて行くか」

当時を思い出し、くすぐったいような、甘酸っぱいような、いや、布団に頭だけ突っ込んで脚をバタバタさせたい、胃が浮くような感覚を覚えつつ、苦笑いしてバス停を後にした。

集落から少しはずれた場所にある、海岸寄りのひときわ大きな家が脩平の生家だ。

自然崖《しぜんがけ》に面していて背後は海、とロケーションだけはかなりいい。庭からは海に沈む夕日が見え、先祖がこの景色を愛して家を建てたというのはわからないではない。

脩平は門の中には入らず、脇にある細い道へ足を進めた。

この道は崖を下りるための道で、相当な急勾配《きゅうこうばい》だがここを辿《たど》っていくと、海辺へと安全に下りられる。

崖を下った脩平は、顔を上げて海を見た。

この岸辺から百メートルも離れていない先に、小島がぽっかりと浮かんでいる。

あそこには海渡家が代々守っている竜神様のお社があり、脩平も上京する前までは正月やなにかあるとお参りをしていた。

「ああ、引き潮か」

ちょうど今の時間は潮が引いて水位が下がっていた。あの小島へ行く手段としては実は徒歩しかない。舟で小島へ乗りつけようにも浅瀬の岩場な上、潮が渦を巻いているためほぼ不可能なのだ。ただ潮が引くと、小島まで歩けるくらいの道ができ、島へ行くことができる。

見ると、道が浮き上がり、島へと続いていた。

脩平は顔を出している岩の道へ慎重に足を踏み出す。

ぬるりと滑りやすい岩場をゆっくりと歩いた。こうして一日に決まった時間しか現れない道を歩いていると、やはり神へと続くのだと思える。脩平自身神など信じてはいないが、ここを歩くときはなんとなく厳《おごそ》かな気分になってしまう。

島は一周しても一キロにも満たないくらいの大きさだが、緑が豊富だ。それに湧《わ》き水《みず》もあって、小さいとはいえ確かに神様が住んでいてもおかしくないほど清々《すがすが》しく爽《さわ》やかで、豊かな場所だった。

上陸してすぐの広い平らかな場所にある鳥居を抜けると、お社がある。一間切妻造《きりつまづくり》の平《ひら》入《い》りで小さく古いが立派なものだ。昔はもっと小さな、社というより祠のようなものだったらしいが、建て替えて今の社になったという。海渡の家がいかにこの竜神様を敬っているのかがよくわかる。

脩平はお社の前に立つと手を合わせた。

するとざあという波の音に交じって、なにか声が聞こえたような気がした。

「……ん？」

この島に他の者が足を踏み入れているという可能性は低い。土地の者でさえ、決まったときくらいしかこない場所だ。

「気のせいか」

脩平はやり直しとばかりにもう一度手を合わせる。

神はいないと思ってはいても、なんとなく神頼みしたい気分になることがある。今の脩平は仕事もなにもかも投げ出したくなって鬱々《うつうつ》としている状態だ。特になにがあったわけでも

ないが、小さな不満が積もり積もっている。そんな気持ちをぼんやりと思い浮かべながら手を合わせていると、

『脩平さん、おかえりなさい』

やさしく響く声で、そうはっきりと聞こえた。

「――――！」

驚いてきょろきょろとあたりを見回しても誰もいない。

「なんだ……？　今の」

怪訝《けげん》な顔をつくりながら声の主を探す。しかし聞こえるのは、寄せては返す波の音と頬を撫《な》でる風の音だけ。

「疲れてんのかな……おれ。いや、きっと疲れてんだ」

脩平はぶんと頭を振り、溜息《ためいき》をつく。疲れていると口にはしたが、けっして仕事が忙しいわけではない。だがここのところ精神的に疲弊していた。

ストレス、というのならそうなのだろう。こうして帰ってくる気もなかった故郷へ帰ろうと思うくらいには、気持ちが弱っている。

「神様……か。あんたが本当にいるなら、願いごとのひとつくらい叶えてくんねえかな」

社へ顔を振り向け、ぽつりと呟く。

そのとき、ざぷん、とひとつ高い波が上がった。

「やべ、そろそろ満ち潮だ」

早く戻らないと、ここで一晩過ごすことになってしまう。桜前線が通過していったが、まだまだ寒暖差が激しい。防寒具の用意はまったくしていないから、ここで夜明かしなどしたら風邪をひいてしまいかねない。

脩平はさっき聞こえたやさしい声のことが気になりつつ、小道に被りはじめた水を蹴《け》り、走って向こう岸へと戻った。


元きた道を引き返し、崖の道を上って家の門の前に立つ。

表札に《海渡》とあるのはあまり意味がないだろうと脩平は思うのだが、重々しい書体で書かれたそれを見ながら、門をくぐった。

意味がないというのは、この集落が皆海渡の姓を名乗っているからだ。隣も向かいも、さらに向こうの家も海渡を名乗っている。要するにここは海渡の一族からなる集落であった。ただ脩平の家は海渡の本家であり、一族を取りまとめている存在だった。正確に言うと、脩平の祖父がここを治めているだけのことだが。

ここの、見ている者の瞳の色さえ青く染めてしまうような、うつくしい海はとても好きだが、しかし生まれ育った家は好きではない。

一応原則として直系の者が家を継ぐしきたりではあるので脩平が跡継ぎということになる。しかしそのカビ臭い決まりごとにうんざりして高校卒業と同時に家を出た。

生活のなにもかもをしきたりや習わしで縛り、そしてよそ者を拒む。海渡の家以外の人間はあくまで客人扱いで、縁あってこの集落に落ち着くことになった者でさえ、完全に土地の者としては扱われないことの方が多い。そのいい例が——。

「ただいま」

玄関の引き戸を大きく開け、三和土《たたき》を上がった玄関座敷の向こうにある、吸い込まれるような長い廊下の奥へと声をかける。するとすぐにパタパタと急《せ》くような足音が聞こえ、気の弱そうな中年の男が姿を見せた。

「おかえり、脩平。疲れただろ、早く上がりなさい」

出迎えてくれたこの男は脩平の父だった。

背はひょろっと高いが、かなり瘦《や》せていて猫背のせいかあまり大きいと思われない。外見の弱々しさ同様、性格も気弱でいまだかつて父が大きな声を出すのを聞いたことがない。反発することなく、従順に周囲の言うことにただ頷《うなず》く人だ。

だがそれも仕方ないと思う。父は婿養子で、しかも《よそ者》だった。

父は海渡とは血の繋《つな》がりがなく、まったく関係ないところからここへやってきた。

祖父のお眼鏡《めがね》にかなったからこそ、母と結婚したというのに自分の意見ひとつ言えないでいる。もうかれこれ三十年近くここに住んでいるのだが、いまだに一族の者にはよそ者扱いされている有様だった。

そのせいか、元々諍《いさか》いの嫌いな父はさらに引っ込み思案になり、祖父の顔色を見ながらしか行動できないでいる。

また母も、結局は祖父の言いなりだ。

彼女だって若い頃には多少反発もしたのかもしれないが、脩平が物心ついた頃には祖父の言うとおりにしか動けない人形のような人になっていた。

この家のなにもかもを祖父が掌握しているのかと思うと——祖父の顔色を見ながらしか生きられないのかと思うと、思春期を迎えた頃からここでの生活が嫌になった。

高校生くらいからは、両親とはろくに話もしなくなったほどだ。話をしたところで返ってくるのは「芳世《ふさよ》さんに訊《き》いてから」というその一言。

芳世というのが祖父の名前だ。父は祖父のことを名前で呼ぶ。きっと父にとっては祖父を義父というよりも海渡の当主として見ているせいだろう。この家はすべてが芳世中心に回っている。一事が万事そうだったから両親との会話はすればするほど無駄なものだと諦《あきら》めた。だからいまだにまともに話をする気にはなれない。

それを両親は感じ取っているらしく、今では遠慮がちに脩平に必要なことを話すだけだ。

「荷物は、それだけか」

父が脩平の持ち物を見て、ぼそりと呟くようにそう言った。

手にしているのはバックパックひとつと、そして一眼レフ。

「ああ。別に長居するわけじゃねえし。用事済んだら戻んねえと。仕事あるしな」

父親の顔を見ることもなく、素っ気ない口調で言いながら、提げているカメラを指さした。

脩平の仕事はフォトグラファーだ。だからカメラはいつだって自分の傍《そば》にある、いわば相棒のようなものだ。今回の帰省に必要ないとは思いつつ、これだけは置き去りにできず持ってきてしまったのだが。

バックパックの中身は着替えがほんの数枚と、あとはほぼカメラの機材だけ。ここにくるにはこれで十分だ。

「脩平」

父が脩平の背に声をかけてくる。なにか言いたげな口調だが、脩平は気に留めなかった。

二階にある自分が使っていた部屋へ向かうために階段を上がりかけると、もう一度父が「脩平」と声をかけてきた。

「なに」

はあ、と嫌々というように大げさに溜息をつき、ようやく返事をする。

「芳世さんにちゃんと顔を見せておきなさい」

またじいさんか、とうんざりする。

「わかってる。そのために帰ってきたようなもんだからな。で、じいさんの具合どうなんだ」

「季節のせいか体調がいまひとつでね、今日も往診の先生にきてもらったところだ」

「ふうん。そんな身体だったら、例の神事とやらも取り仕切れないんじゃねえの」

ふん、と嫌みのような笑いを漏らした。

「いや、それは必ずやらないといけないと芳世さんはおっしゃっているから……」

脩平が口にした『例の神事』というのは海渡家が代々守っている、竜神への奉納祭である。なんでも五十年に一度行われる大事な儀式らしい。今年はその年にあたっており、儀式のために一族が呼び寄せられた。

(別にすっぽかしてもよかったけどな)

はじめのうち脩平に帰省する予定はなかった。儀式など時代錯誤も甚だしい。参加するつもりは毛頭なかったものの、やはり血の繋がった祖父が床に伏せっていると聞けば心が動かないわけではない。

その祖父のたっての頼みということで、見舞いがてら帰る気になったのだ。この家に思うところは多々あるし反抗はしているものの、老い先短い祖父の願いを断れるほど、脩平は人でなしではなかった。

「つか、そんなん誰の得にもなんねえだろうが。じいさんが寝込んでるならやめとけ」

自分の身体よりも、神事だのなんだの、そういう古臭いものばかりを大事にしているのは本末転倒じゃないのか。だからこの家は、とつい愚痴がこぼれそうになる。

「それは……」

脩平の強い口調に父はなにも言えないでいた。

「あのさ、そもそもおれはじいさんがくたばりかけてるって聞いて、最後に顔でも見ようと思ってきただけだからな。んなわけわかんねえ神事なんか知ったこっちゃねえし」

「脩平……」

それは本当だが、少し違う。

七年前、脩平が家を出ていったときにはまだかくしゃくとしていた祖父が床に伏せがちになっていると聞いたのは、一昨年《おととし》くらいだったか。それでも脩平はこの家に帰ろうとは思わなかった。今回もいくら祖父の頼みといっても帰るのを躊躇《ちゅうちょ》していた。

帰ってきてしまったのは心が疲れていたからだ。東京での生活に行き詰まったものを感じていたせいもあったのだろう。

だが、父の前ではそんな弱いところを見せたくなかった。

「おい！　脩平が着いたんなら早く奥の間にこいって言え！」

大きなだみ声と共に恰幅《かっぷく》のいい男が現れた。

叔父の良造《りょうぞう》だ。母の弟にあたるこの男は父とは真逆の人間で、態度も声も大きく自己主張も激しい。親戚《しんせき》からも好かれてはいないし、それは脩平も同様だった。

けれど脩平にとってはこの叔父の後押しがあって上京できたのだから、ある意味恩人といえる。なのでなんとなく邪険にはできないでいた。

——脩平、向こうで本当にやりたいことを精一杯やってこい。家のことは考えなくていい。おれが後はなんとかする。

高校卒業後の進路を決めるにあたって、上京を両親や祖父に反対されたのを良造叔父がそう言って背中を押してくれた。

「おお！　脩平！　久しぶりだな！　すっかり垢抜《あかぬ》けちまって！」

「……ご無沙汰《ぶさた》してます」

「そんな他人行儀な挨拶《あいさつ》は抜きだ。なあ、向こうはどうだ。バリバリ雑誌とかグラビアとかの写真撮ってんだろ？　女優とかモデルとか、グラビアアイドルなんかとつき合ったりできるんだろ？　なあ」

ぐい、と良造が肘《ひじ》で脩平の腕を小突く。

「まさか」

脩平は顔の前で手を振って否定した。いくらフォトグラファーとはいえ、芸能人とはつき合えるわけがない。

「謙遜《けんそん》すんなって。なんたって花の東京だしな。おまえみたいな、なんつんだっけ、イケメン？　イケメンなら向こうでも放っておかないだろうが」

「ありませんよ。っていうか、おれくらいの男なんか、東京でゴロゴロ掃いて捨てるほどいますし」

苦笑いで返す。

確かに脩平のルックスは悪くない。むしろいい方に入るとは思う。

長身で腰が高く脚が長い。加えて甘めの顔立ちだ。色を抜いてやや長めに整えたヘアスタイルと、いくつもつけた耳のピアスが軽薄そうに見えるものの、似合っているとよく言われる。

しかしこの見てくれも上京してから必死にダサくならないようにと努力した賜《たまもの》に過ぎなかった。

東京でなにを得たかというと、一通りの写真技術と、外見を見苦しくならない程度に保つこと。仕事は――叔父の言うようには成功もしていないし、さして活躍もできてはいない。チラシやカタログなどの小さな仕事を必死でもらっては、それをこなしてなんとか食べているだけだ。叔父の言うようなグラビアは、一度だけヘルプのアシスタントで入ったスタジオで経験したきり。それだって、旬《しゅん》を逃した元アイドルが起死回生を狙《ねら》って出したヌードグラビアの。

あれもたいして話題にならなかったんだよな、と脩平は思い返す。

結局成功するのは一握りの、神様に魅入られた人たちであって、その他大勢の……自分のような者ではない。

——おまえにはまるで才能がない。

かつて師事した著名な写真家の先生に毎日そう罵《ののし》られていた。

専門学校を出たのち、憧《あこが》れていた写真家のスタジオで雇ってもらえると決まった瞬間が、たぶん自分の写真人生の中で一番輝いていたときだったに違いない。

その先に待ち受けていたのは絶望だったけれども。

ただの荷物持ちと小間使い。だがそれも我慢ができた。それだけでも得るものは大きかったからだ。けれど肝心の撮影に立ち会わせてもらえることはなかった。それも当然で、脩平の他にもアシスタントは何人もいて脩平の出る幕などどこにもない。あげく、気まぐれのように脩平の撮ったものを見ては鼻で笑われていた。

——つまらん写真だ。

つまらない、個性がない、共感できない、心がない、ゴミ同然だ。いくつもいくつも冷罵《れいば》する言葉を並べ立てられ——それでもいつかはと思っていた。だけれども一向にそのいつかなんてやってはこなかった。わかったのは、彼らがほしかったのが都合のいいただの使いっ走りだったということだけだ。

その後、その先生の愛人関係のゴタゴタに巻き込まれたために辞めざるを得なかったが、それでも今は当時よりはましかもしれない。なにより写真で食べていられているのだから。

なんとかつてを辿って今のスタジオへ雇ってもらったはいいが、昔自分が目指していたものとはまったくかけ離れていて、機械のようにただ惰性で撮っているだけだ。それが悪いとは思えないが、このままでは心が死んでしまいそうになる。

才能がない、そうずっと言われていたのが脩平の心をじくじくと蝕《むしば》んでいる。その傷はいまだに治らない。才能がないのなんてわかりきっているけれど、それでも面と向かって嘲《あざけ》られると気持ちは荒《すさ》む。いっそ写真を諦めてしまえば、とも思わないではなかったが、カメラを捨てることもできなかった。

啖呵《たんか》を切ってこの家を出た手前、弱音なんかけっして吐けないけれども。

夢と現実は違う、と頭では理解している。上京して七年だ。そんなこと嫌というほど思い知らされた。

しかし、こんなはずではという思いが常に脩平の中にはある。今の生活のままでいいとも思っていない。自分の進みたかった道は果たしてこんなだっただろうか、と不安に駆られているのも事実だ。

「おい、なに浮かない顔してんだ？　おおかた東京に残してきたコレのことでも考えてんだろ」

良造は左手の小指を立ててみせながら、下品ににたあと笑う。はっきり恋人とか彼女とか言えばいいものをと辟易《へきえき》しつつ、脩平は曖昧《あいまい》に笑う。

良造のこういう品のなさがいまひとつ脩平には好きになれない。とはいえ、叔父は叔父だ。

「違いますって。そんなのいませんから」

「そうか？　まあいい。今日はおまえが帰ってくるっていうから、盛大に宴会だ。うまいもん用意させといたからな。腹一杯食え」

ハハハ、と良造は豪快に笑い、親戚一同が待っているという奥の広間へと脩平を連れていった。


久しぶりの帰省ということで、集落の者が全員集まったのかと思うほどの大宴会が開かれた。

大げさな、とは思ったが、やはりなんだかんだ言いつつしばらくぶりに会えたはとこや、はじめて会う彼らの小さな息子や娘の顔を見られたのは素直にうれしい。

座卓の上には、いくつもの大きな皿にどれも豪勢なご馳走《ちそう》が山ほど盛りつけられており、歓待を受ける。

文字どおりの飲めや歌えやの大宴会だ。

「なあに遠慮してんだ、脩平」

もっと食え、とはとこにあたる年上の男が、脩平の持っていた取り皿を奪い取ったかと思うと、皿に目一杯刺身を載せ脩平に手渡す。

豪快というか、大雑把というか雑というか。

脩平はくすと小さく笑う。

ここは主に漁で身を立てている集落だ。だからもちろん海の幸が豊富である。上京してからはこれほど新鮮な魚介類にはお目にかかっていない。

スーパーできれいにパック詰めされたものには食指が動かないし、かといって、いいものを買おうと思うとそれなりにいい金額になる。

ギリギリの生活をしている身ではやはりなかなか手を出せない。東京で食べたなら、一体どれだけの福沢諭吉《ふくざわゆきち》が飛んでいくのだろう。

「どうした？　脩平」

「いや、向こうじゃなかなかこんなうまい魚食えねえから。これあっちで食おうと思ったら財布が空になるなって」

「まさか。おまえかなり稼いでるって良造さんが言ってたぞ」

「うっわ、やめてくれよ。勝手なことばっか言ってるし。そんなん稼げてねえよ。食うので精一杯だって」

「またまた。その指輪とか高そうだし」

脩平がつけていたスタイリッシュなシルバーの指輪を指さされたが、これはもらいもので自分では買っていない。学生時代にバーでバイトしていたときに客のひとりにもらったものだ。けれどそれを口にするのもどうかと思ってごまかすように返事をした。

「あー、これ。これはもらいもの」

「え、なに、元カノとか？」

「まあ……そんなとこ。自分じゃ買えないんで」

「へえ、モテるやつはいいな」

「や、別にモテるわけじゃないって。金ないんですぐ振られるし」

顔を顰《しか》めて、酒を呷《あお》る。

脩平に金がないというのを嘘《うそ》ではないと思ったのだろう。それ以上突っ込まれはしなかった。そもそも脩平が嘘をつけないというのは親戚は皆知っている。すぐ顔に出るし、口も出る。昔脩平が上京するにあたって、祖父や両親と毎日のようにやり合っていたのは、親戚一同の間では知らない者はいない。

それに、たぶん彼も気づいている。

身につけているものは、高級ブランドのようなものではなく、量販店のありふれたものだったり、古着屋で買ったもので、とても金を持っているようには見えないのだから。

今着ている一張羅のレザーのジャケットだって、リサイクルショップで買ったものだ。

一見、それなりには整っているように思えるが、よく見ればたいしたものでないのがわかるはず。

「こっちに戻ってこないのか？」

彼が脩平のぐい飲みに酒を注《つ》ぎながら訊く。

「冗談だろ。なんで戻らないとなんないわけ」

つい口調が険しくなった。その様子に彼も驚いたらしい。

「おいおい、なんで、って言うなよ」

苦笑いで返され、脩平はひっそり眉《まゆ》を顰《ひそ》めた。

誰もが皆、自分はいずれここに戻ってくるのだと思っているのが面白くない。

脩平はもうこの家に戻ってくるつもりはないのだが、そうは思われていないのだろう。

「戻るつもりねえから」

吐き捨てるように言うと、呆《あき》れた顔をされる。

「脩平、あのな」

「じいさんがなんて言ってんのか知らねえけど、向こうに仕事あるし、やりたいこともまだあるし。こっちに帰るなんて無理だから」

それは本当だ。まだまだ自分の夢には未練がある。……ただ、それはここに戻ってきたくはない言い訳で、意地を張っているだけなのかもしれないけれど。

「う……ん、そりゃそうかもしんないけどな。まだおまえも二十五だし気持ちはわかるが。でもいずれはこっちに戻ってこないと。おまえが跡継ぎなんだし」

バン、と背中を叩《たた》かれて、脩平はげんなりとした。

「おれ、跡なんか継がないって」

つい口調が荒くなる。彼は少し肩を竦《すく》め、なだめるように「まあまあ」と言った。

「だけどおまえが海渡の直系なんだから、おまえが継がないと。まあ、でもおまえの気持ちもわかるし、急ぐ話じゃあないから、気が済むまで東京にいればいいって」

あはは、と彼は笑い「さあ、飲め飲め」と酒を勧める。

脩平自身この家の跡を継ぐ気はさらさらないのだが、周囲はそれを認めてくれないようだ。だがこの場で言い合いをしてもはじまらない。脩平は気を取り直し、へらりと笑って「そうっすね」と小さく返した。

「そういえば、みすずちゃんの子って、一歳になったんだっけ？　あれ？　そういえばみすずちゃんも見てねえけど」

みすず、というのはすぐ近所に住む遠縁の娘だ。やさしく昔からよく脩平の面倒をみてくれた。兄弟のいない脩平にとっては姉のような存在であり、結婚して去年子どもが生まれたと聞いていた。

だが脩平の言葉に、皆複雑そうな表情で顔を見合わせる。

「ん？　なんかおれ変なこと言ったか？」

きょろきょろと見回したが、誰もが互いにちらちらと見遣《みや》っては、肘で小突き合ったり、苦い顔をしていたりと妙な雰囲気だ。

「……なんかあったのか？」

様子がおかしいのが気になる。どうかしたのだろうか。

「う……ん」

そのうちのひとりが口ごもりながら切り出した。

「みすずんとこの子は……くじで明後日《あさって》の神事の贄に捧げられることが決まって。だもんで、みすずはショックで寝込んじまってな」

それを聞いて脩平は、え、と目を見開いた。

「は？　なんだそれ。神事の贄って、形だけなんじゃゃねえの？」

そんな話は聞いていなかった。もちろん昔から五十年に一度、竜神様に捧げ物をして海渡の一族の住む海を守ってもらう、という言い伝えはよく聞かされていた。

だから形として、なにかを捧げるというのはわかる。しかしその捧げ物は神事がはじまった当時と同じである必要はないだろう。形式だけ整っていればいいのではないか。

多くの神社で古くから執り行われている神事であっても、そのすべてが当時とまったく同じ条件で行われているわけでもあるまい。代用品を用いたり、いくらかを現代に合うようにアレンジしたり、そうやって引き継がれているのではないか。

「いや……それが……」

彼らはそれぞれ口を開くのを嫌がるようにして押し黙る。

そこに漂う陰鬱な空気が、脩平の言葉を否定していた。

「みすずの子が贄と決まった。明後日の神事で竜神様に捧げられ、竜神様のものとなる」

集落でも上から数えた方が早い長老のひとりがやってきて、はっきりと脩平に言う。

「なんだよ、それ……じゃあ、なに。みすずちゃんの子が生け贄になるってことなのか？　捧げられるってマジで？」

「そうだ」

「はあ？　いや、待って、待てよ。あれだろ？　神事の間だけ神殿に置かれて、すぐみすずちゃんとこに返されるんだろ？」

脩平はまくし立てるように言うが、長老が「脩平、聞け」と言葉を遮った。

「捧げられた贄は神隠しに遭って戻ってくることはなかったってことだ。今まで一度も戻ってきた者はいない」

「嘘だろ？　まさかそんな前時代的なこと。皆嘘だって言えよ、なあ」

あたりをぐるっと見回したが、顔を上げているものはほとんどいない。沈痛な面持ちで俯《うつむ》いているだけだ。

遥《はる》か昔、人柱などの悪《あ》しき風習があった時代であればともかく、この現代で生きた人間を実際に捧げるというのは本気で言っているのか。

「嘘ではない。神事についての詳細を記した古くからの書物に、海渡の家の血を引く者を贄を捧げよと、ある」

もったいつけた口調がやけに気に障る。

贄になる条件が海渡の血を引く未婚の者、ただそれだけだ。該当する者は集落にもそれなりの数がいる。皆、自分自身や、あるいは自分の子どもを贄になどしたくない。だからくじで決めたのだということだった。

昔は贄といえば処女ということで若い女性を捧げていたようだが、神事に関する記載のある古い草紙には特に女性とは書いていなかったため、男女取り混ぜてくじで選んだと説明される。

それを聞いて胃がムカムカとしてきた。非常に気分の悪い話だ。

「いや、だって。そんなん昔のことだろ。もう二十一世紀だって。それにおれはくじなんて聞いてない！」

人を簡単に捧げ物にしようとする神経がわからない。虐待どころの話ではない。みすずはさぞかしショックだっただろう。

　さらに次に言われた言葉が脩平の怒りに輪をかけた。

「おまえはここの跡継ぎだから。おまえはくじからはずしたんだ」

　その一言で脩平はブチ切れた。

「ふざけんな！　跡継ぎもクソもあるか。みすずちゃん、子ども生まれたときおれに電話で報告してくれてすげえうれしそうだった。なのにその子差し出さなくちゃなんないのかよ！」

「条件は皆同じだ。公平にくじで決めた」

　長老の悟ったような口調がものすごく腹立たしくてたまらない。それを聞いて脩平の怒りがことさら増した。

　たぶん、これまで生きてきて心の底から憤るということはそうそうなかったはずだ。だが脩平は今ひどく憤っている。

「はあ？　マジで言ってんのか、それ」

　長老の言葉を聞いた瞬間、脩平は思わず立ち上がって大声を出した。

　その声の大きさに部屋の隅で眠っていた、脩平のはとこの嫁の、そのまたいとこの子どもが泣き声をあげた。まだ生まれて間もない赤ん坊だ。すやすや眠っていたところにいきなりの大声で驚いたのだろう。

ちっちゃな赤ん坊を泣かせてしまったと、幾分罪悪感を覚えるが、大声をあげずにはいられなかったのだ。

倖平は「ごめんな」と赤ん坊に向かって謝り、今度はいくらか声を潜《ひそ》めて口を開いた。

「贅ってなんだよ！　ホントにそんなもん捧げんのかよ」

倖平の顔には怒りの表情が貼《は》りついていた。世の中が理不尽だということは、社会に出て働いている以上は百も承知だ。しかしその理不尽さと、今自分が聞かされている理不尽さというのはまた別物だと思う。

すると長老が神妙な顔をして、倖平を見つめる。

「まあ、落ち着け、倖平」

「これが落ち着いてられっか！　なんだそのふざけた習わしは！」

怒らせた肩も、下げた拳も、そして声もふるふると怒りで震える。

若い血の気の多かった時分とは違い、己を律するとか、スルースキルを身につけるとか、そんなふうに憤りを抑えるすべもようやく覚えてきたというのに、今だけは無理だった。

「いつまでもわけわかんねえことで人を縛りつけやがって！　んなもんどうでもいいだろ？人の命軽々しく扱ってんじゃねえよ！　いもしねえ神様と未来のあるちっさい赤ん坊とどっちが大事なんだよ。だからおれはこの家が嫌だってんだ！」

血相を変えてたたみかけるように吐き出した。

なによりもしきたりが大事と言い張るこの家が嫌で嫌で仕方ない。やはり自分は帰ってくるべきではなかった。だが、帰ってこなければみすずの子はそのまま生け贄になっていただろうことを考えるとそれはそれでもっと腹立たしく、非常に悔しかった。

「脩平」

どこからか声がした。

血が頭に上りきっている脩平の耳にはそれが誰のものであるかすぐにわからない。

すると上座に座っていた人物がのそりと動く。

「これは決まりごとだ」

ずっと黙りこくっていた当主である祖父の芳世が口を開くなり、きっぱりと言ってのけた。

集まっていた者皆、芳世のその声に沈んだ表情をして一斉に俯く。そんなまわりを見ながらまた脩平は歯噛《はが》みする。

「ほら見ろよ！　皆やりたくねえんだろうが。やりたくねえものをやる必要なんかどこにある！」

ダン、と脩平はテーブルに拳を叩きつけた。この音でまた赤ん坊が泣きはしないかと、頭の隅で思ったが、脩平の怒りは最高潮に達していた。

興奮しているのは重々承知で、けれど話を聞けば聞くほど冷静になるどころか、火にガソリンを目一杯注がれたように怒りの炎が身体中を渦巻いた。

「んなもんやめりゃあいいじゃねえか」

くだらない、生きている人間を犠牲にする儀式になんの意味があると脩平は主張した。

が、そこで「それはできんのだ」と芳世が断言する。

「なんでだよ！」

「贄を捧げなければ、祟《たた》りがある」

長老が横から口を出す。

祟り、と聞いて脩平は一瞬怯《ひる》んだ。

「な、なんだよ、それ」

そこで長老はこう語った。

実は百年前、つまり前の前の神事でも、今回と同じようにやはり神などはいない、やめようということになり一度はやめることにしたのだという。

だが、その決定のすぐ後から突然の大嵐《おおあらし》に見舞われた。嵐は何日間も続き、また一向にやむ気配がなかった。そのせいで近くの町へ行く道は土砂崩れで塞《ふさ》がれ、また荒れた海では船も出せず漁もできない。このままでは飢えてしまいかねない、と皆が焦りだした。そのときひとりの少女が、小舟を出して神を祀る祠《ほこら》へひとり向かったのだった。

少女はそれきり帰ることはなかったが、嵐はその後ぴったりとやんだという。

そのことがあって竜神を再び信仰するようになり、古くなっていた祠も建て替えて、大きく、きちんとした社にしたらしい。

「——だから、贄は必要なんだ」

そう長老は言いきり、脩平も黙るしかなかった。

「……わかった」

脩平がそう答えたことで、周囲はほっとした顔と落胆したような顔とが入り交じっている。それを見遣りながら「じゃあ」と続けた。

「じゃあ……おれがその贄っつうのになる。いいだろ」

けっしていい格好をしたいとか、正義のヒーロー気取りだとか、そういうことを思ったわけではない。

脩平は海渡の直系だ。生け贄になるというならうってつけではないか。

元々跡を継ごうだなんて思いもしなかったが、これで自分が贄となって直系の血が途絶えるのであれば、このふざけた習わしも自分で終わりにすることができるのではとそう思った。

「脩平、それはいかん。おまえが贄となれば、誰が本家の跡を継ぐ」

長老が今度は慌てて脩平を止めにかかる。

「だから嫌だってんだ。こんな家の跡を継ぐくらいなら、生け贄にでもなった方がましだっつの」

ぎろりと長老を睨《にら》む。

「ダメだ！　それだけはいかん！」

「うっせえな。なにが公平にくじで決めた、だ。んなの公平でもなんでもねえ。公平っていうならそのくじン中におれも入れてからにしろ」

「いや、だから」

「だからもクソもねえよ。いいか、おれがすべて納得ずくで贄になるっていうんだ。それでいいじゃねえか！　本家のもんが責任を負えばいい」

　脩平は啖呵を切りながら祖父や両親の方へ目線をやった。

　芳世はむっつりと口を真一文字に引き結んでうんともすんとも言わない。両親はふたりともただ俯いているだけだ。それを見ながら、反対はしないのだな、といくらかがっかりした気持ちになる。だが、それで決心はついた。

「芳世さん、あんた脩平を止めてくれよ」

　やはり本家の者を贄に差し出せないと、長老が芳世に向かって言うが、芳世は腕を組んで目をぎゅっと瞑《つむ》っている。

「いいじゃねえか」

　そこに口を挟んだのは叔父の良造だ。

「脩平が自ら願い出たんだ。それで丸く収まる」

「でも、それじゃあ、海渡の家はどうする」

「直系っていうなら、おれがそもそも長男だろうが。姉さんの婿が海渡の家を継ぐよりもよっぽどましだと思うがな」

良造は横目で脩平の父を見、小馬鹿にしたような顔で言った。

海渡の家は必ずしも長男が継ぐと決まっているわけではなく、誰が継ぐかは家長が決める。今はまだ芳世が健在なため、芳世が取り仕切っている。そして次の跡取りは脩平の父と芳世が決めた。

良造は昔からそれが面白くないらしく、ことあるごとに芳世に反発していた。

脩平が家を出るときに良造が賛成してくれたのも、結局は芳世が亡くなった後に自分が海渡の家をいいようにしたいと考えるからだろう。芳世さえいなくなってしまえば、気の弱い脩平の父を丸め込むなど、良造には造作もないことだ。

当時も良造の思惑が透けて見えてはいたが、脩平はそれを逆手に取った。でなければ、一生この集落から出られない、そう思ったのだ。

良造がなぜそこまで海渡の長になりたいのか、脩平にはわからない。長になったからといって、果たしてメリットはあるのか。

この海では珊瑚《さんご》が採《と》れ、また魚も豊富だから、比較的裕福ではあると思う。また集落と他の街とを隔てている山で昔は瑪瑙《めのう》が採れたらしい。

だが逆を言えばそれくらいだ。少し裕福である程度のちっぽけな集落に良造はなぜしがみつくのか。

（そんなことどうでもいいけどな）

相変わらずの叔父の態度にいくらかは呆れつつも、表向きは脩平側に立ってくれるのだから文句は言うまい。

長老と良造のやり取りをぼんやりと眺めていると、芳世が立ち上がった。

「もういい。好きにせい」

芳世がそう言うと、長老が「芳世さん」と声をあげる。

「なりたいというならなればいい。脩平が贄となることで決まりだ——これも海渡の家の者の役割だろう」

表情もなく口にして、芳世はそれで終《しま》いとばかりに部屋を出ていってしまった。


二日後、すばらしくいいお天気の中、神事は滞りなく行われた。

明治のあたりまでは島のお社は近所の寺が持っており、そこの住職が別当として務めていたらしいが、神仏分離となり、今は離れたところにある神社の禰宜《ねぎ》が一応は宮司として兼務しているという。

まずはきてもらった宮司に禊《みそぎ》を済ませた脩平を祓《はら》ってもらう。

島へは干潮まで渡れないため、手前の浜辺に祭壇を作り、そこで執り行ってもらうことになった。

建前上、脩平は竜神様に捧げ物をするお使い、ということで宮司には説明してある。まさか生け贄になります、とは言えない。

(おれ自身が捧げ物だけどな)

捧げ物よろしく着せられたのは、真っ白い正絹の着物だ。ぺらりと一枚きりの着物だけではいくら天気がよくて気温が高めとはいえ、寒くて心もとない。

しかしこの上になにか羽織るのはＴＰＯにはそぐわない気がするので鳥肌を立てながら我慢していた。

そして頭の上で大麻《おおぬさ》の立てるシャッシャッという音を聞きながら、脩平はうんざりとする。

形ばかりの儀式だったらどんなにかよかったものを。

とは思いつつ、脩平の気持ちは妙に軽い。

これで心配ごとのすべてから解放されるかと思うと、それはそれで気が楽になる。

死に対する恐怖というのはなぜかなかった。どこか現実離れしすぎていて実感できないというのが正しいのかもしれない。

これから自分がどんな目に遭うのかまったくわからないし、想像もできない。この儀式と死が背中合わせにあるというのが脩平にはまったく理解できなかったのだ。

五十年に一度のことだというので、ついでに神楽舞《かぐらまい》も頼んだらしい。お祓いが済んだ後、数人の巫女《みこ》が神楽に合わせて舞を披露した。

豪勢なものだ。きっと随分弾んだのだろう。

まあ、そのくらいしてもらってもいいかもしれない。

それらが終わると宮司や巫女は帰ってしまったのだが、そこから宴会がはじまる。どうやら干潮までここで飲むらしい。

日が傾いてくるとなおさら気温は低くなり、脩平は火にあたりながら酒を飲んでいた。

「脩平、おまえは海渡の誇りだ」

良造が一升瓶を手にして脩平の横にどっかりと座った。

誇りってなんだよ、と思いながら脩平は「はあ」と気のない返事をしてみせる。

「いや、おまえが自ら贄になるって言ったときにはおれは拍手をしたくなったな」

「はあ……」

「まあ、後のことは任せておけ。おれがしっかり海渡の家を守るから」

「はあ……」

やけに機嫌がよく饒舌《じょうぜつ》な良造にうんざりとして、脩平はこっそりと溜息をついた。

「潮が引いてきたぞ」

いよいよだ。脩平は大きく深呼吸をする。

脩平は、お供えのための酒や魚などを持った長老を含めた数人の者たちと共に島へ渡る。本来海渡の当主である芳世も同行すべきなのだろうが、体調に差し障るということで、父が代理としてつき添うことになった。

日が沈んでしまったので、提灯《ちょうちん》を持ちながら歩いていく。まだ完全に水が引いていない道だ。草履《ぞうり》履きとはいえ、裸足《はだし》の足に海水がかかってかなり冷たい。寒さに身体を震わせながら、先へ進んだ。

渡りきって、鳥居をくぐる。

そしてお社の扉を開き、祭壇に酒などを供えた。

「脩平……悪く思わんでくれ」

長老が深々と頭を下げる。

「いいよ別に。暗いと帰るのも大変だ。もう行っていいから」

笑って言う。そのとき父がぎゅっと目を瞑って辛《つら》そうな顔をしたような気がした。

社の扉が閉められ、脩平はひとり残される。

寒くて凍《こご》えるからと、毛布を置いていってくれたのはせめてもの思いやりだろうか。ぺらっとした着物一枚ではこの冷えきった社の中は寒くてかなわない。ここは素直に使わせてもらおうと、脩平は毛布をぐるぐると身体に巻きつけた。

社の中は、外側の見た目に反してところどころ壊れていて、修理が必要だろうか、いや、その前に食われちまうかもしれないからそうしたら修理はできないな、とやけに冷静になりながら脩平はそんなことを考える。

ここには誰もいない。当たり前だ。いたらびっくりする。

蠟燭《ろうそく》の頼りない明かりだけが唯一の光源で、それもそう長くは保《も》ちそうにない。その明かりが消えてなくなるときが、もしかしたら自分の命の終わるときなのかと、そんなセンチメンタリズムに浸《ひた》った。

「つか、なりゆきでこうなっちまったけど」

ごろんと横になり、神事のためにきれいに掃除したのだろう社の天井を見上げ、これまでの人生を振り返る。

「ま、こういうのもありか」

ここで竜神様に食べられんのも悪くねえな、と思いながら眠ってしまったのだった。

3.

「竜だってのは信じたけどさ……そのサイズ……おかしくないか」

小さすぎだろ、そう言うと蒼波は再び人間の姿に戻る。

元に戻ってすぐは当たり前だが、素っ裸だ。なにせ着物は床の上にある。

蒼波が着物を拾い上げるまでのほんの一瞬だったが、脩平は蒼波の身体を見てしまった。

「あっ」

脩平は目を見開いていきなり声をあげ、そして慌てて口を手で押さえた。

蒼波の身体には……《それ》がちゃんとついていたのだ。

さきほどは背中しか見なかったが、今度は真正面だ。蒼波の真っ平らな胸も丸見えだし、そしてほっそりした脚のつけ根にくっついている男性だという証《あかし》も丸見えだった。

一応男性性を持っているらしいと知って、妙に感心する。

（へえ……やっぱついてんだ）

自分と同じものが彼にもついているとわかり、脩平は蒼波にちょっぴり親近感を持つ。一瞬どきりとしたけれども。それにしても目を引くほどの容姿なのにまったく色っぽく見えないのは彼があまりにあどけないからか。

（そっか、ついてるのか）

たおやかなうつくしい姿はやはり神が化けているだけあるなと思っていたのに、そこだけはどこか人間臭さを覚える。

あの無邪気さも竜神というには間が抜けているように思えて、神に対する畏怖というのはまったく感じなかった。むしろほのぼのとさえする。

それどころか竜神と言いつつサイズもサイズだし、むしろこんなんで大丈夫なのか、と心配してしまうほど。

「どうかしましたか？」

首を傾《かし》げ蒼波が訊く。

「い、いや、別に。つうか、想像してたのはでっかいおっそろしい竜だったから、拍子抜けしたっつか」

するとやっと着物を着込んだ蒼波は「大きくなるだけの力がないんです……」と恥ずかしそうに顔を赤らめながらそう言った。

「力……って」

「これでも神ですし、神というからにはやっぱり皆さんの信仰心がないと、力も出ないんです……。近頃は神なんているわけないって、皆さん思われているようですし」

「あー……」

蒼波の言葉が、脩平の心に突き刺さる。なにしろ自分も『神はいない』と思っていたそのひとりだからだ。いないと思っているのに、そのくせ困ったときだけ神頼みをする。そりゃあ、力もなにもなくなるよなあ、としみじみ考えた。

「ごめん」

なので、つい蒼波に頭を下げた。

「え？」

蒼波がきょとんとした顔をする。

「悪い。おれも神様なんかいないって思ってた」

「いいんですよ。そういう時代なんですから。神の力なんかなくても、科学の力が様々なものを作り出していますし。自然だってそのうちあなた方人間自身ですべてを制御できる世界になるのかもしれません。……わたしたちの助けなんか必要なくなる日もくるのでしょう」

ふわりとやさしく微笑《ほほえ》む蒼波の顔は、悟っているふうでもあり、けれどどこかさみしそうだった。

「でも、ここの方はちゃんと毎年お正月にはお参りしてくださいますから、結構元気なんですよ。なりは小さいですけれども」

ほら、とぶんぶん手を振り明るく振る舞っている。強がりではないのか、と思わないではないけれど、脩平はそれ以上言葉をかけられなかった。そんな権利は脩平にはない。

見えないからといって、存在しないわけではなかった。昔の人はそれをわかっていたのに、自分たちときたらどうだ。科学というものがすべてをつまびらかにできると思い上がっているのかもしれない。

確かに分子や原子などあまりに小さすぎて目に見えないものまで科学では解明できている。だから科学でわからないことは現実ではない、そう思い込んでいるところがある。

だが、たった今自分の目の前で起こった一連の事象はとても科学では解き明かせないものだった。それをあり得ないものとするのは、間違っているのではないか。

現に蒼波は脩平の目の前に現れ、竜に変化し、そして元に戻った。

少しは昔の人たちのように、あり得ないと思う事象を受け入れる柔軟さを持つべきなのかもしれない。

「そっか……。ところで、あんた人型のが力使うんじゃねえの？　よくわからんが。竜の姿の方がよかったらそっちでもいいぞ。おれはもう竜でも驚かねえし」

「すみません、お気遣いいただいて。でも、……ずっとこの姿でいたので……その、竜に戻るよりこっちの方が楽というか」

「そういうもんなの？」

「えっと、あの小さい竜の姿だと動き回るのが……いちいち空飛ばなくちゃいけませんし。あと、それに竜の姿だと皆さん驚かれるので……お話できないじゃないですか」

「お話って……」

訊くと、蒼波はときどき近所を歩き回るらしい。

「お散歩するといろんな出会いがあるんですよ」

「散歩」

散歩って。と脩平は口をぽかんと開けた。

「あっ、あの、なんかおかしいこと言いましたか？　わたし」

「いや、神様でも散歩するんだなあ……って。それに世間話もしちゃうわけ？」

「はい。その……わたし……人が好きで……できたら人間に生まれたかったくらいなんです。だから皆さんとお話していると、わたしも人間になれたようでうれしいなあ……って」

彼はそう言った。

「お、おう……。なんでまた」

神様の方がよっぽどいいんじゃないかと思うがそうではないのか。

「わたしは……ひとりですから。皆さんのように近くに仲間がたくさんいるわけじゃないですし……あったかくていいなって」

「…………」

蒼波はふと一瞬だけ視線を下に落とした。その瞬間の顔にどきりとさせられる。胸を締めつけられるような気持ちになり、彼の深いさみしさを垣間見《かいまみ》た気がした。

「脩平さん？　眠くなりました？　おやすみになりますか？」

「いっ、いや、大丈夫。あのさ、その姿って十分目立つと思うけど、誰も不審に思わなかったわけ？」

　この閉鎖的な集落で、ただでさえ人目を引く蒼波の姿は悪目立ちしないのか。通報されてもおかしくはない。

「それが、脩平さんが上京してからお隣の町がロケ地として使ってくれないかと、いろんな映画を誘致していて、そのせいでここにも俳優さんや女優さんも多くいらっしゃるようになったんです。なのでわたしも出演者のひとりと思われたりして。意外と楽しいんですよ」

　随分得意げだ。

　蒼波の容姿なら役者といっても納得するだろう。それにしても隣町がロケ地として映画を誘致していただなんて初耳だ。

「時代なんでしょうね。さすがにバブルの頃ではないので、リゾート開発というのはないようなんですが、今度は海洋資源調査のような会社もときどきいらっしゃいます。わりと賑《にぎ》やかなんですよ」

　しばらく離れていた間に、地元の様子は随分変わったらしい。七年前とはえらく違っている。

「あ、……そう……」

のんびりとした口調の蒼波と話をしていると、どこか調子が狂ってくる。そもそも自分はなにをしにきたのか忘れてしまいそうだ。

しかし、ほわほわとした雰囲気の彼と話すのは心地《ここち》がいい。

「いや、ダメだ。こんなんじゃ覚悟ができない」

自分に言い聞かせるように呟いた。

そう、脩平はこの蒼波の贄となるためにここへやってきたのだ。食べられるならば、さっさとしてもらわないと、うつつへの未練が残ってしまう。

——でも、こいつに食べられるっていうなら、それはそれでいっか。

脩平の身体がこの小さな竜のいくらかの力になるならば、本望だとさえ思えてくる。おかしなおかしな小さな竜。

ふふっ、と脩平は小さく笑った。

「覚悟……？」

呟きを耳にした蒼波はぽかんとした顔をしている。

「あー、なんつか、調子狂うんだけど。おれここにいるのって、あんたの贄として捧げられてんだよね。だからさ、食うならさっさと食ってくんないかな？　そしたらおれの役目も終わるし」

一息に脩平が言うと、彼はとても悲しい顔をした。

「誤解されているようですが……人間を食べる習慣はわたしにはありません」

「え？　だって」

蒼波の言うことが本当だとしたなら、五十年に一度捧げられていた生け贄の皆々様はどうしたのだ……？

よほど脩平が疑わしげな表情をしていたのか、彼は続けてつけ加えた。

「これでも一応神と言われる立場ですので、食事はせずとも大丈夫なんですよ。伝説で竜神はすっぽんとかお魚を食べるとも言われているようですけれど、それもありません。なので人間を食べるなんてとんでもないことです」

「へ？　精気を吸い取るとか、生き血を啜《すす》るとかそういうのなし？」

最後は竜ではなく吸血鬼だとは思ったが、念のため訊《たず》ねてみる。

「あるわけないじゃないですか。生き血って吸血鬼さんじゃないですよ？　わたし」

「ごめんごめん。いや、だって、贄に捧げられた女は皆村に戻ってこないっていうし、神隠しに遭ったって。だからてっきり食われたか、殺されたかって」

うつくしい顔を歪《ゆが》めて脩平の言うことを聞いていた蒼波が口を開いた。

「それは……今までこられた女性たちは誰もが村へは戻れない事情があったからです」

途端に真顔になる。それはとても静かな声だった。

彼が言うにはこうだ。

千年以上蒼波は生きているが、昔はそういう風習はなかった。いつの頃からか、贄として女性を捧げるという悪習が根拠なく常となってしまっていた。五十年に一度、というのにもどうしてそうなったのか、蒼波にもわからない。

ただ、いつの間にか五十年に一度、蒼波のもとに女性がやってくるようになっていた。

彼女たちは覚悟を決めた真《ま》っ直《す》ぐな目をしていたが、しかし心は恐れで震えていた。

蒼波は贄は必要ない。家へ戻っていい、と言ったがくる者くる者皆口を揃《そろ》えて「戻れない」と言い張った。

なぜだと蒼波が訊ねたところ「戻るとなぜ戻ってきたのかと誹《そし》られる」というものだった。

いったん贄となって神へ捧げられた者が戻ると集落に災いをもたらすという、ありもしない迷信を信じているのだという。

だから戻っても自分の居場所はない、ならばここで死んだ方がましだ、そう言った。

「それでも一度、説得して返した子がいたのです。彼女には好いた人がいて、相手とも相愛だったから」

でも、と蒼波は続けた。

「彼女だけが集落を追い出されました。せっかく戻ったというのに……恋人も喜んでくれると思ったのに、そうではなかった。恋人ですら彼女に冷たかったのです。神様のお手つきになって汚れた女などいらないと」

「なんだそりゃ。お手つきって、あんたその子になんかしたの？」

「すっ、するわけないじゃないですか！　わっ、わたしが彼女になにかだなんて」

真っ赤になってしどろもどろになる蒼波を見ながら、どっちかというと蒼波の方が乗っかられそうだと口にしかけて脩平はやめた。

「はは、冗談だって。つか、汚れたっつうのもひでえな。それで？」

「はい……。どうしたら贄などいらないと伝えられるかと思ったのですが……どうしても伝わらなくて」

「ひどいもんだな」

「いったん形となってしまうと、それを覆すのは難しいのです。覆すのには勇気がいりますし、集団になるとなおのことひとりの意見は取り合ってくれませんから」

「それでその人はどうしたんだ」

「ええ。ですからここから出ていって、名前を変え、別の人生を歩むことになりました。そんなことがあったので、それ以来、皆さん同じように他の土地へ」

「へえ……」

脩平は蒼波の話に聞き入る。

「今はその、戸籍っていうんですか？　そういうの面倒になりましたよね。ちょっと手を加えるのもなかなか難しくて」

蒼波はおっとりと言う。

「え？　戸籍？　できちゃうわけ？　そんなこと」

「まあ、一応これでも神ですからね」

得意げに胸を張る。

「そりゃそうなんだろうけどさ……」

そんなことまでできちゃうんだ、と脩平ははあと感嘆の息をつく。

「なるほどそういう事情なわけ。――あ、でも、百年前、神事やめたら嵐が起こったって聞いたけど――」

脩平は長老から聞いた話を蒼波に話して聞かせる。すると蒼波は、あ、という顔をしたかと思うとそっと目を伏せた。

「たぶん……はなのことですね。あれは……悲しい事故でした」

そして、ゆっくりと百年前の真相を語りだした。

百年前の蒼波は今以上にとても力が弱かった。

文化も生活もなにもかも目まぐるしく変わっていた時代である。外国文化が徐々に浸透し、生活様式も変化した。工業化の波が押し寄せ、日清・日露の戦争を経て、より戦争が身近なものとなる。

誰もが時代に追いつくために必死で、土地に住まう神のことなど目もくれなくなった。その昔は寄り添って語り合い、共に楽しく暮らしていたのに世代を経るにつれ、社へ近づく者も蒼波のことを信じる者も徐々に減り……その信仰心はとても希薄になっていたのだ。

その流れで贄を捧げるという前時代的な神事が取りやめになるというのは、蒼波にとっては安堵《あんど》することだったが、しかしそれと信仰心は別だ。

祠が壊れ、朽ちかけて荒れていても誰も気にも留めなくなってしまったという。

神の力の源は信じる心だ。信じる心が届かなければ蒼波の力も比例して小さくなる。

当時の蒼波には、荒れる海を収めることも、大きな雨雲を追い払うこともできないほどその力は弱りきっていた。いったん嵐が起こってしまえばどうにもできず、せいぜいがその威力を弱める程度しかできなかった。

そして蒼波が口にした、はなという少女は、誰も寄りつかなくなった祠へ唯一遊びにきてくれる子だったようだ。

「はなはいつもわたしのことを気にかけてくれるやさしい子でした」

まだ十四だったんです。と蒼波は顔を俯け、悲しげな声でそうぽつりと呟く。

はなは家の仕事の合間を縫って、祠の掃除をしにきてくれたり、蒼波に話しかけてくれたりしていたという。

例の嵐の夜は、祠が壊れかけていたのを彼女が気に病んでいて、「ちゃんと直してあげる」と言っていた矢先だったという。なにしろほんの少しの雨風で吹っ飛んでしまいかねないほど、ひどい有様だったらしい。

はなは祠が壊れるのを心配し、そして彼女ひとりで祠を守ろうと小舟に乗り込んだのだと言った。

「はなの思いが、やっとわたしの力を戻してくれたのですが……」

蒼波は一層深く項垂《うなだ》れた。

はなという少女の思いが蒼波に届いて力が戻ったときにはもう彼女は海に深く沈んだ後だったのだという。

はなが自ら贄になった、と集落の者が騒ぐので、遺体を彼らのもとに戻すこともできずひっそりと蒼波が弔《とむら》った。

「それからは集落の人たちが、ここを大きく建て替えてくれたり、ときどきはお参りにきてくださるようになりました。そのおかげでわたしはかろうじてこうしていられるのですが」

複雑な表情の蒼波に、脩平も苦い思いになる。

「じゃ、なに、あんたここでなにしてんの」

「海を眺めたり……。魚たちとお話ししたり……でしょうか。そうそう、この間は珍しく鯨《くじら》さんがいらしたんですよ。最近お見えになっていなかったのですけれどね。あ、ずうっとひとりでしたから平気ですよ。お散歩がてら皆さんに会いに行きますし、それにお参りにいらした方に会えるだけで」

にっこりと笑う。その顔が少しさみしそうに見え、脩平は思わず蒼波に手を伸ばしかけた。

「あ……」

慌ててその手を引っ込める。つい抱きしめてしまいそうになったのだ。

彼が生きてきた千年という時間が膨大すぎて脩平には実感できない。けれどその大半を、彼は孤独に生きてきた。人間の寿命なんかどんなに長生きしてもせいぜい百年くらいのものだ。だが彼は人間の十倍以上もの遥かに長い年月を生きている。

その中で、ひとりまたひとりと蒼波の前から消えていき、やがて誰も彼のことを知らなくなってしまう。蒼波はやさしくここの人たちのことを見守っていたのに。

どれほどさみしい気持ちでいたのかと想像したら、唐突に抱きしめてしまいたいという衝動に駆られた。そしてその衝動は脩平の胸をぎゅっと締めつけた。

蒼波の力のせいか、彼のまわりがほの明るい。おかげで真夜中だというのに、社の中がよく見える。

ここへきたときには、自分のことだけでいっぱいいっぱいで社の中まで注意を払わずにいた。が、よく見たらきれいにしてくれたと蒼波は言うものの、かなり古ぼけて傷んでいる箇所も多い。

これだって直してから年月はかなり経っているのだろう。彼の居心地だってきっといいとは言えない。神様を祀るのに、穴ぼこだらけですきま風吹くお社ではあんまりだ。

「だから、戻ってもいいんですよ、脩平さん」

「んー、あんたからいろいろ教えてもらってだいたいはわかった。贄が必要ないとか、その理由とか。で、最後に念のため訊くけど。その……気を悪くしないでほしいんだが……。親戚の連中におれもちゃんと説明しないといけないからさ」

自分でも実に回りくどいと思っているが、彼を傷つける言い方だけはしたくなかった。けれどこれも言い訳じみていて、そっちの方が傷つくかもしれないなと脩平は「あー、もう」と頭をかきむしりながら口を開く。

「いいですよ。そんなに気を遣わなくて。なんでも訊いてください」

「ホント、ごめんな。しつこくて悪い。率直に訊くけど、祟りとかないのか？　本当に？」

くどいほどに訊いたのは親戚一同、特に年配の者にきちんと説明できないと、いつまでもこのくだらない神事はなくならないからだ。五十年後、また脩平同様ここへやってきた者に蒼波が心を痛めることになってしまう。

「ありませんよ。だって祟りって、すっごく力を使うんです」

あっけらかんと蒼波が言う。

「そうなのか？」

「ええ。例えば、脩平さんだって怒ったことくらいあるでしょう？」

訊かれて、ついこの前怒ったばかりだと肩を竦める。

「まあ……そりゃあ。怒ったことないってやつはそうそういないと思うけど」

「怒った後って、疲れませんか？」

ああ、と脩平は頷いた。

彼の言うとおり、怒っているときはともかく、その怒りがある程度鎮まった後にはどっと疲れが押し寄せる。

「あー、そうだな。怒りが激しければ激しいほどめちゃめちゃ疲れるかも。そういや怒った後ってしばらくぼーっとしてるな」

「でしょう？　怒るのって、ものすごくエネルギーが必要なんですよね。祟りって結局怒りの力、みたいなものですから」

「なるほどね」

「そういう大きなものをぶつけていると、結局自分にも跳ね返ってくるんです。与えた痛みは同じだけ自分にも返ってきます。そのときには痛みに気づかないけれど、後からじわじわと傷が広がってきてとても辛くなるんです」

それにね、と蒼波は続ける。

「さっきわたしの本当の姿を見たでしょう？　あの程度しか大きくなれないのに、祟りなんてそんなのわたしには無理です」

そう言われてみて、蒼波には祟りなんて物騒な単語はとても似合いそうにないなと脩平は思った。彼に似合うのは笑った顔だ。

さっきはじめて彼に出会ったときに見せてくれた笑顔はすごくすてきだった。

できるなら彼にはずっと笑顔でいてもらいたいと思うほど。

小さくて、でも人型になったときにはたいそううつくしい、へんてこな竜神のことを脩平は好ましく思いはじめていた。


「おまえザルだな」

瓶子《へいし》と呼ばれる徳利《とっくり》の蓋《ふた》をお猪口《ちょこ》代わりに酒を注いでやると、蒼波はぐいと呷るように飲み干した。飲みっぷりがいいにもほどがある。

「ザル……？　ザルってあの笊《ざる》ですか？　お野菜とか載せる」

「そ、その笊だけどさ」

「え？　わたしは笊ではないですよ？」

きょとんとした顔をして蒼波が訊き返す。

「いや、な。おまえみたいなうわばみのことを『ザル』って言うんだよ。器に穴が空いて底なしってやつだ。つか竜も蛇《へび》みたいなもんだから、やっぱりうわばみなのか」

「もう！　わたしはザルでもうわばみでもありません！　竜と蛇を一緒にしないでください！　違いますからね！」

ぷん、と蒼波が口を尖《とが》らせてそっぽを向いた。

「あはは、ごめんごめん。冗談だって」

脩平は謝って蒼波をなだめ、なんとか機嫌を直してもらう。

蒼波は食事はしないけれど酒は飲めるらしい。

酒を飲むことにしたのは、夜半すぎから気温が下がり、毛布を被っていてもなかなか脩平の身体が温まらずついくしゃみをしたせいだ。脩平のくしゃみを聞いて風邪をひいてしまったのだろうかと蒼波がおろおろしてしまい、大丈夫だとは言ったのだが、あまりに心配するのでそれじゃあとそこにあった酒を飲むことにしたのだった。

それは脩平と一緒に供えられた酒だった。一升瓶が二本もあるのだし……そんなわけで蒼波とふたり飲みはじめた。

一応ここはお社なので、瓶子と呼ばれる徳利や、塩や米などを盛る皿がある。神事が執り行われるからと、そういった神具も新調されていた。ピカピカのきれいな器で互いに酒を酌《く》み交わす。

それにしてもうまそうに飲む。

脩平は蒼波とは違い、小皿に酒を注いでちびちびと飲んでいた。

自分は身体を温めるだけの目的で飲んでいるから、そんなにたくさん飲まない方がいい。というのも酒は一時的に身体を温めるが、飲み終えた後からは徐々に体温を奪っていく。結局は身体を冷やしてしまうのだが、夜明けまではいくらもないだろう。それまで保てばいい。夜が明けて太陽が顔を出したらこの寒さもましになるはずだ。

「つかぬことを伺いますが、脩平さんはなぜ贄に？　まさか自ら名乗ったわけではないのでしょう？」

そういえばこのいきさつを蒼波には言っていなかった。

脩平は蒼波に、はじめはくじで赤ちゃんにこの役割が決まっていたこと、それが許せなくて自ら申し出たことを告げた。

「そんな……」

蒼波が暗い顔をする。

「だからおれがここにくるって言ったんだよ。ちっこい子にそんなことさせられないだろう？」

もし自分が帰省しておらず、みすずの子が贄となってここにやってきていたらどうなっていたのだろうと思うとぞっとする。蒼波は赤ちゃんをみすずの家に戻すことはできただろうけれど、それ以上のことはできない。さきほどの話のようにその子がいわれのない差別を受けて、またここに置き去りにされるかもしれない。そうなったら蒼波に赤ちゃんの世話ができるとも思えないし、そうすると彼は赤ちゃんを抱いて強く心を痛めるだろうことが容易に想像できた。

こうなってみると自分がここにやってきたのはある意味とてもいい選択だったのだろう。

「そうだったんですね……」

「んな辛気臭い顔すんなって。こうしてさ、おれがあんたに会って、あんたの話を聞いて全部理解したんだからそれでいいだろ？　ほら、顔上げて。もうあんたに辛い思いさせないからさ」

な、と脩平が項垂れている蒼波の頭をぽんぽんと叩くと、蒼波はこくりと頷いた。そうして顔を上げ、口を開く。

「脩平さんは昔から変わりませんね」

「えっ？」

蒼波の言葉に戸惑ったように脩平は訊き返した。

昔から、と蒼波は言った。脩平が生まれてから毎年ここにはお参りにきているがそれだけだ。物心ついてからもここでしたことといったら、手を合わせるだけ。それ以上なにもしてはいないはずだ。なのに「昔から変わらない」と彼は言う。どういうことだろう。

そんな脩平の胸の裡《うち》を読み解いたかのように蒼波は、ふふっ、と笑う。

「覚えていないかもしれませんが、わたしは脩平さんとお話したことがあるんですよ」

「えっ?」

信じられないというように再び同じような声をあげた。

脩平は自分の記憶をたぐり寄せる。以前蒼波と会ったことなんかあっただろうか。

これだけの美青年だ。会って顔を合わせ、しかも話をしたというなら覚えていてもおかしくはないのだが、そんな記憶はない。頭の奥底にしまい込んだ記憶は探しきれないのか、いくら思い出そうとしてもできなかった。

「会ったことがある?」

「ええ。お忘れになっても仕方ありませんよ。あなたはまだ小さかったから。そう、まだ小学校に上がる前だったでしょうか」

小学校に上がる前というともう二十年ほども前になる。その頃に自分は彼に会っていたという。本当だろうか?

「え、マジで?」

「はい。あなたは小さな頃からやっぱり正義感が強くって。わたしのことを助けようとしてくれたんですよ」

なんでも、当時から散歩と称してそこいらを歩き回っていた蒼波に異質な外見だというだけで石を投げつけた子どもたちがいたらしい。蒼波はすぐにそこを去ろうとしたのだが、そこに幼い脩平が現れたという。小さな脩平は子どもたちの前に立ちはだかって、蒼波を守ろうとしてくれたのだとそう言った。

「他の子たちに『小さいくせに生意気だ』って言われて、いくつか石を投げられたのに、あなたは頑としてそこを動きませんでした。ぎゅっと歯を食いしばって。そのすぐ後に大人がやってきたので、たいしたことにもならずに済んだのですが」

「……覚えてねえな」

覚えていない。そんなことがあったとは。

幼い頃のことだ。覚えていなくても仕方ないとは思うが、なんとなくがっかりした気分になる。二十年前の自分に彼はどういうふうに映っていたのだろう。

「後で訊いたら、あなたのお父さんがいつも他の人たちにいじめられていたから、いじめるやつは許さないって。だからわたしのことも助けてくれたんだってそう言っていました」

「………」

思わず言葉をなくした。

すっかり忘れきってしまったものを、心の奥底に深く沈めておいたものをいきなり引き上げられた気分だ。

昔は——そうだ。いつも父は周囲に口さがないことを言われていた。あの頃の脩平はなぜ父にばかり皆辛くあたるのだろうとそう思っていたのだった。それが辛くて、自分が父を守ると息巻いていた。

当時の自分は父親を好きでいた。しかし今では……。

黙りこくってしまった脩平を振り仰ぎながら、蒼波は続けた。

「わたしが、お父さんのことを好きなんですか、って訊いたらいっぱいの笑顔で大好き、って答えていましたよ」

「……そんなの……忘れた」

子どもなんて、小さい頃は無条件に親のことを愛するものだ。その時期のことを言われても今の自分の気持ちとはかけ離れすぎていて、どう反応していいのかわからない。

一体、いつから自分は家族のことを疎ましく思うようになったのだろう……？

「そうですね。昔のことですし。それでね、あなたに秘密の場所、ってところに連れていってもらったんです」

ひとつひとつ思い出すように、蒼波が脩平の顔をじっと見ながらゆっくりとした口調で語りかけてくる。

秘密の場所、は覚えている。自分の一番気に入りの場所で、昔はひとりになりたくなるとよく行っていた。

「……海が一番きれいに見えるところだからな」

ようやく答えると蒼波が「ええ」と笑いかけてきた。

「あそこにあんたを連れていっていたなんて、すっかり忘れてた」

「あなたはわたしのことを『おねえさん』って呼んでいましたからね。きっと女性に見えたのでしょう。やさしくエスコートしてくださいましたよ」

ふふ、と思い出し笑いをする蒼波に脩平の顔が赤くなる。

「うわ……昔のおれって、すっげえイケメン」

今のヘタレっぷりに比べ昔の自分ときたらなんてイケメンだったのだろう。小さい頃の自分の爪《つめ》の垢《あか》を煎《せん》じて飲みたい気になってしまう。

「本当に。やさしくて男らしくて、かっこよかったんですよ。だから、今回もあなたが赤ちゃんを庇《かば》ってここにいらしたって聞いて、ああやっぱり脩平さんは変わっていないんだなってうれしくなったんです」

「おいおい、褒めてもなんにも出ないぞ」

「だってそうなんですもん。わたしが人間の女の子だったら、つけぶみしたくなるくらい」

つけぶみ、というのを一瞬理解しかねたが、それがラブレターのことだと思い至ってさらに恥ずかしくなった。

「うわ、もういいから！　それ以上もう言わなくてもいいって。おれ、もう寝るから！」

止めなければずっと褒めちぎられそうで、照れ臭くてかなわない。蒼波の顔もまともに見られず、脩平は毛布を被って横になった。

「照れなくてもいいんですよ？　本当のことなんですから」

蒼波がまだなにか言おうとしているが、かまわずに脩平はすっぽり頭まで毛布を被ってしまい、それはすべてくぐもった音になって曖昧になる。そのうち酒も回り、途端に睡魔が襲う。気がつけば上下の瞼《まぶた》は仲よくくっついてしまっていた。

「脩平さん、眠っちゃったんですか?」

うとうとしかけたときに、頬になにか触れたような気がしたけれど、眠りに吸い込まれていく中では目を開けることもできない。

柔らかく、しっとりとしてひんやりとしたなにか。けれどそのひんやりとした感触から別のなにかが流れ込んでくるような……それがとても心地いい。

たゆたうようにその不思議な感覚を味わっていると蒼波の声が耳元を掠《かす》めていく。

「わたし……の、は……こい……だったんですよ……」

なにを言っていたのかはほとんど判別ができず、「なにか言った?」と口にしようとして、そのまま意識を沈ませた。

夜が明け、蒼波に勧められて脩平は家に戻ることにした。

ゆうべは晴れて小窓からは満天の星空が見えていたのだが、明け方、日が昇る少し前からしとしとと雨が降りだしており、空気はひんやりと冷たい。また天井のところどころから雨漏りがしていて、脩平は顔を顰めた。

雨が降ると、潮の匂いが強まる。殊《こと》に閉めきった社の中では、じめついた空気と相俟《あいま》ってそれが顕著だ。だがそれが不快なわけではない。

脩平はゆうべ蒼波と話をしてからずっとなにかやりきれなさを感じていた。

集落に戻るのはいい。だがこの後、様々なことを考える必要があった。

家へ戻ってはいそうですか、と蒼波を置き去りにできるわけがない。

集落の者に間違った認識を植えつけたまま、また今後のことを考えもせず、放り出したまま東京に戻るというのはいかがなものか。

「脩平さん」

ちょうど潮が引きはじめたらしい。社の扉を開けて、蒼波が手招きする。

「戻るなら今のうちですよ。雨も降っていますし、足下が滑りやすくなっていますから気をつけて」

「うん……」

どこか上の空で生返事をする脩平に蒼波は「なにか心配なことでも?」と訊いてくる。

「いや……なんでもない」

「それならいいのですけれど。そうそう、これをお渡ししておきますね」

そう言って、蒼波は着物の袂《たもと》から青白く光る、不思議な色合いの珠《たま》を脩平の手のひらに載せた。大きさは野球のボールよりもやや小さめだ。

「これは?」

「きっとこれをご覧になれば皆さん納得していただけると思いますよ」

「ふうん……そうなのか」

「ええ」

「わかった。ありがとう。なにからなにまで世話になったな」

いいえ、と蒼波は静かに首を振った。

「脩平さん、いつまでこちらにいらっしゃるんですか?」

「んー、しばらくいると思うけど。別に仕事は当分なにもないし、のんびりしていくつもり。どうかしたのか?」

なにかあるのか、と思って訊くと、蒼波はもじもじとしだす。

「あの……無理にとは言わないんですけれど……その、脩平さんがこちらにいらっしゃる間でいいのでまたお話してくださいますか……?」

おずおずと上目遣いで見つめられる。その声はか細く少し震えていた。

「ああ、おれでよかったら。それにその社もいいかげんボロだしな。修理してやる」

「本当ですか?」

蒼波は顔を上げた。ぱあっと明るい顔をして脩平を見る。

「嘘は言わねえよ。ただ家でゴロゴロしてるってのもな。あんたと話すのは楽しくていい」

「わ……あ、うれしいです！　本当ですね？　約束ですよ」

「約束するって。指切りでもするか？」

「はい！」

うれしい、うれしいと頬を染め、蒼波は何度も言う。それがひどく可愛い。

竜神様に向かって可愛いというのもどうかとは思うが、無邪気な彼の笑顔は見ていてしあわせな気持ちにさせられた。

と同時に、雲の切れ間から青空が覗く。雨がやみ、明るい日差しが戻ってきた。

(これって、もしかして)

竜神は水を司《つかさど》る神だ。彼の気分が天候を左右してもなにもおかしくない。夜明け前からの雨が彼の感情を表しているとしたなら。

朝になったら脩平が社を去ってしまうことがさみしくて、沈んだ気持ちがそのまま雨という形で現れたのかもしれない。

(ってのはいくらなんでも自意識過剰か)

脩平は内心で苦笑する。

けれどあながちはずれてもいないとも思う。なぜなら脩平と話をしているときの蒼波はとても楽しそうで、もっととせがむように脩平の話を聞いていたから。

さみしがりやで人間が好きな竜神なんて聞いたことがない。神とは畏怖すべき存在と思っていたし、自分にとっては遥かに縁遠いものだったのに。

こんなに人なつっこい神様を放っておけないだろう。

「じゃあ、指切りな」

互いの小指を絡ませ、「げんまん」と指切りをする。

ちょっとひんやりとした彼の指はとても華奢《きやしや》だった。

（細い……）

今にも折れてしまいそうな彼の指にゆうべ聞いた「力がない」という言葉を思い出し、ちくりと胸に痛みが走る。

自分も含め、神様の存在を軽視していたことに後ろめたさが募っていた。

だからここにいる間、話すことで彼の気持ちがいくらかでも紛れればいいと脩平は絡ませた指を名残惜しく離した。

4.

「ただいまーっと」

脩平は家の玄関扉を大きく開け、大声を出した。

途端、奥からいくつもの足音が聞こえ、両親が揃って顔を出す。

「脩平！」

お化けにでも遭遇したかのようなびっくりした顔の両親を交互に見て、脩平はにやりと笑う。

「ただいま。父さんも母さんもなんて顔してんだよ」

「だっておまえ」

父がおろおろとしながら、あたりをきょろきょろと窺《うかが》っている。誰もいないとわかるなり玄関の引き戸をぴしゃりと閉めた。

「ちょ、ちょっと脩平こっちに」

珍しく強引に父が脩平を引っ張っていこうとする。

「悪いんだけど父さんと母さんにかまってる暇ねえんだ。じいさんは起きてるか」

両親はそっちのけで草履を脱ぎ捨てると、ずかずかと奥へと向かう。

「脩平、待ちなさい」

「ごめん、後で」

父の手を振り払い、脩平は芳世の部屋へと急いだ。

芳世の部屋の襖《ふすま》を声もかけずに開ける。

今日の芳世は体調がいいのか、起きて本を読んでいる。和綴《わと》じの古臭い本の表紙にはみみずが這《は》ったような文字が書かれていて、脩平にはちんぷんかんぷんだ。

「なんだ脩平、騒々しい」

相変わらず顔色ひとつ変えずに芳世が横目でじろりと脩平を睨《ね》めつけた。

「驚かないんだな」

「なんのことだ」

「おれ、帰ってきたんだけど」

「帰ってきたからそこに立ってるんだろうが。足があるから幽霊じゃあなさそうだ」

しれっと減らず口を叩く芳世に脩平は舌打ちしたい気分になった。

自分という竜神への捧げ物が戻ってきて、動転するかと思ったのに、祖父は眉ひとつ動かそうともしない。

まったく小憎らしいじじいだ、と脩平はいまいましくなる。

「あのさ、話あんだけど。いいか」

そう脩平が口を開いたところで、後を追ってきた父が「脩平！」とこれまた珍しく大声を出す。

するとと芳世は父の方に視線をやり「いいからおまえは黙っておれ」と制した。そして父に部屋から出ていくようにと指図する。部屋に芳世と脩平のふたりきりになったのを確認して芳世は切り出した。

「で、話とはなんだ。脩平」

人払いしてくれたおかげで話しやすい。脩平は芳世の前にどっかりと腰を落ち着けた。

「じいさんはおれが戻ってきて、なんにも思わないのか？」

「なんにも、とは」

「おれは昨日、竜神様に捧げられたわけだ」

「そうだな」

「そのおれが今ここにいる。そのことに対してはどう思ってるんだ？」

脩平は芳世に訊ねた。まずこのクソじじいがどういう認識をしているのか訊きたい。

芳世は少し考え込む素振りを見せたが、すぐに顔を上げた。

「ふむ。……あれだけ威勢よく自ら贄となったおまえが戻ってきた……。さすがに怖くなったのか？」

ちらっと横目で脩平を見遣った芳世の口元は意地悪く引き上げられている。

食えないじじいだ。揶揄《からか》う気まんまんでいやがる、と脩平はカチンときた。

「ねえよ！　ったく、ふざけてる場合じゃねえし。つかじいさんそんなこと、これっぽっちも思ってねえだろ。ちゃんと答えろ」

「ばれてたか」

ばれてた、じゃねえよ、と怒鳴りたい気分になったがかろうじて堪《こら》える。

「そうさな、竜神様に拒まれたってとこか。やっぱりおなごの方がよかったということか？」

「どっちもはずれ。拒否られてもいねえし、女の子じゃなくてもいいし」

「ほう……。その口ぶりからすると、竜神様には会ったんだな？」

芳世の目が光った気がした。

「会った。そんで一晩中話してた。蒼波――竜神様は蒼波ってんだけど、あいつは贄も必要なければ、なにもいらないってさ。そんなのなくても祟りなんか起こすつもりなんかこれっぽっちもなかったんだ。……そんで……くだらない神事に胸を痛めていたぞ」

脩平は蒼波と話したことすべてを芳世に伝える。

芳世は読みかけの本をパタンと閉じて脇に置いた。やっと本気で脩平の話を聞く気になったらしい。

「これを預かってきた」

着物の袂に入れていた、蒼波に持たされた不思議な珠。

きらきらと輝くそれを見て芳世は目を丸くした。

「それは……！」

「蒼波が持たせてくれた。これを見せれば信用するだろうって」

不思議な色の珠は仄かな光をたたえている。よく見ていると、規則的に光が強くなったり弱くなったりしている。心臓の拍動にも似たリズムを刻みながら。

「おお……これは竜が手にしているという宝珠ではないのか」

よく見せてくれ、と芳世は言い、身を乗り出した。

脩平の手のひらに載っている珠を芳世は上から下から、横からと、舐《な》めるように見つめている。

「やはりそうだろう、これは如意宝珠《によいほうじゅ》だ。書物に記載されているのと特徴が同じ……。よくこんなものをおまえに……」

芳世はじろじろと脩平の上から下まで何度も何度も視線を往復させた。

「なんだよ、なにじろじろ見てんだ」

「竜神様はこれをおまえに渡したんだな？　おまえが勝手に持ってきたのではないな？」

さらに訝《いぶか》しげな視線を脩平にくれる。

「人聞き悪いな。蒼波が持っていけって言ったから、こうやって持ってきたんじゃないか」

憤慨した様子の脩平を気にも留めることなく、芳世は腕組みをしてなにか思案しているふうである。

「じいさん、なんか言えよ」

黙りこくったままの芳世に声をかけるが、返事はない。

まったく自分本位なじいさんだ、と脩平は祖父の身勝手さに呆れ返る。

こうなればしばらくの間は声をかけても返事などすまい。脩平は、難しい顔をして口を噤《つぐ》んでいる芳世が次になにか言うのをただ黙って待ち続けた。

「脩平、それは誰にも見せちゃならん」

いいかげん痺《しび》れを切らし、芳世に声をかけようとしたとき、芳世が非常に神妙な顔つきで脩平の持っている珠を指さした。

普段以上に厳《いか》めしい表情の芳世に脩平はただならないものを感じる。これでも芳世はこの家——海渡の一族を束ねている者だ。彼がそうしろと言うにはなにか根拠があるのだろう。

「見せちゃダメなんだな?」

脩平は念を押すように芳世の顔を見る。

「ああ。いかん。それは……竜神様の神通力の源、いわば命だ。これがなければ竜神様は力を使えない。まかり間違って壊してしまおうものなら、おそらく竜神様は消えてしまうだろうな。神通力が使えないということは長生きもできないということだろうから」

「命？　そんなに大事なものだったのか？　この珠が？」

神妙な顔で芳世は頷く。

その事実に脩平はガン、と頭をなにかで殴られたような衝撃を覚えた。そのくらいショックだったのだ。

蒼波は自分の命を脩平に差し出し、持たせた。

その真意は脩平にはわからない。が、脩平は時折見え隠れしていた蒼波のさみしげな笑顔を思い出してせつなくなった。

——またお話してくださいますか……？

儚《はかな》い声でささやかな頼みごとをした蒼波。

その蒼波に、脩平はまた彼のもとを訪れると約束した。

帰り際にした、その約束を彼は信じているのか、それとも信じていないのか。脩平がまた彼のもとを訪れて、この宝珠が再び蒼波のもとに戻されるのであれば、蒼波はこれまでどおりの力を持つことができる。

だが脩平が二度と彼のもとを訪れなかったり、あるいは宝珠を返さないままならば彼はそのまま力を失い——さみしそうに笑ったまま、姿を消すのだろうか。

「よほどおまえが気に入られたのか。それとも我々を見捨てようとしているのか」

ぼそりと芳世が言う。

だがそんなはずはない。見捨てるつもりならなにもせずに放っておけばいいだけのことだ。

「んー、おれが気に入られたかどうかはわかんないけど、やたら話は弾んだのは確かだな。あと、少なくとも見捨てるってのはないと思う。あいつすげえいいやつで、そんなこと考えるようなやつじゃなかった」

おっとりとしたやさしい神様。彼が宝珠を脩平に託したのはなぜだろう。

「そうか……。それなら早くしまっておけ。如意宝珠は竜神様のものだ。我々が手にしていいものではない。できるなら早くお返ししないといけないが、もう潮が満ちている」

芳世は窓の外を見遣った。

島への小道は海の水に覆われて、閉ざされている。次の引き潮を待つよりない。

「わかった」

脩平が宝珠を再び袂へしまい込んだとき、部屋の外がにわかに騒がしくなった。

無遠慮にやかましくがなりたてる声や、大きく音を立てながら近づいてくる足音。それを止めようとする声も一緒くたになっていて、脩平は渋面を作る。

「脩平、いいか。それはきちんと返すんだぞ。神事のことは皆にきちんとわしから説明しよう。竜神様のご意向どおりにせんとな」

「頼むよ」

部屋の外のやかましさに耐えきれないと、脩平が襖を開けて出ようとしたとき、そこに立ちはだかるようにして、良造がいた。

ひどく不機嫌そうにしている。と思うや否や、いきなり脩平は横っ面を張られた。

「――――ッ！」

背が高いとはいえ、さして鍛えてもいない身体だ。漁師をしている良造との体格差も力も明らかで、脩平は尻餅《しりもち》をつく。

「な、なにするんだよ、叔父さんッ」

頬を押さえながら立ち上がると、良造はもう一度手を上げた。

「おまえは贄として捧げられた身じゃないか！　戻ってきていいと思ってるのか！」

「だからっていって、いきなりビンタ食らわすことはねえだろ！　話聞けよ！」

良造の怒号に負けじと脩平は言い放った。

「おおかた怖《お》じ気《け》づいて戻ってきたんだろうが！　おまえが戻ってきたことで祟りがあったらどうするつもりだ！」

蒼波が言っていたのはこれだ。この理不尽な、根拠のない差別。怒りがこみ上げてくる。

「ちげえよ！　話聞けって言ってんだろ！」

怒鳴り声の応酬が続く。脩平も良造も引く気はまるでなく堂々巡りだ。

「良造」

良造が今にも脩平に摑《つか》みかかろうとしたとき、芳世の声がかかった。その声に良造の動きが止まる。

芳世はやおら立ち上がると、良造と脩平の間に割って入った。

動作は緩慢でも威圧感のある芳世が良造を睨むと、彼は上げていた手を下ろした。

「脩平から話を聞いたところだ。わしから話をする。皆を集めてくれんか。それから脩平は逃げ帰ってきたわけじゃない。理由も訊かんと殴ったのはおまえが悪い。脩平に謝りなさい」

「親父《おやじ》！」

納得がいかないという様子の良造に、芳世はポンと肩を叩く。

「早くせんか」

「…………」

良造は謝ることもなく、くるりと踵《きびす》を返し、やけに大きな足音をわざとらしく立てて家を出ていく。

「……ってえ……。あの馬鹿力、本気で殴りやがって」

張られた頬がじんじんと痛い。良造の気持ちもわからないではないが、あまりにも短気すぎる。

「冷やしておけ。災難だったな」

「まあな。それよりさ、じいさん説明よろしく。おれ叔父さんたち相手にうまく説明できないからな」

「おまえじゃ誰も信用せん」

「うっわ、ひでえ。……なあ、この珠本当にしまったままでいいのか?」

脩平が珠の入った袂を持ち上げる。

「いい。誰にも見せるなといったはずだ。おまえは潮が引いたら、返しに行ってこい」

「はいはい。わかってるって」

脩平の返事を聞きもせずに、芳世は大広間の方へゆっくりと向かっていった。


親戚一同が集まった場所で、芳世は今回の顛末《てんまつ》と今後の神事の扱いについてを伝えた。

脩平が竜神に実際に会って話したというと、良造なんかは信じようとしなかったが、芳世が「わしの夢枕《ゆめまくら》にも竜神様が立ってお話ししてくださった」と作り話ではあったが、脩平を援護してくれた。

宝珠のことを一切口にしなかったところを見ると、芳世はよほどあの宝珠のことを明かしたくないらしい。

脩平は服を着替え、蒼波から預かった宝珠は大事にジャケットのポケットへ入れている。

この宝珠はそれほどまでに厄介なものなのだろうか。

「竜神様に会ったというなら頼みごとのひとつでもしてくればよかったのに。竜神様の持っている宝珠は願いごとをなんでも叶《かな》えてくれるって聞いたけど」

分家筋のひとりが言ったそれを聞いて脩平は「えっ」と声を出しかける。が、必死で飲み込んだ。

芳世の方を見ると、目くばせをされる。

うんざりするくらいに念を押されたのは、そういうことかとようやく納得した。

芳世は蒼波の宝珠を誰の欲のためにも使わせたくなかったのだ。だから脩平にも宝珠がどのようなものか、説明を一部端折《はしょ》って教えた。「願いごとが叶う」と脩平が知ってしまえば、我欲を満たすために我がものにしてしまいかねない、それを恐れたのだろう。

そしてそれは脩平以外の誰にも同じことが言える。持ち主である蒼波に返されないまま、人間がこれを持ち続けていたならば、いつか蒼波は消えてしまう。そうしたらこの海はどうなるのか。

芳世はそれを懸念したのだ。さすがだてに当主じゃないなと脩平は感心する。

同時にそれを聞いてますますこの宝珠を持たせてくれた蒼波の真意が知りたくなった。

神様のくせにどこか諦観《ていかん》している……しすぎている。投げやりなのかそうでないのか、いずれにしても早くこれを返さなければ、と脩平はポケットの上から手をあて、丸い形をそっと撫でた。

その後、すったもんだの大騒ぎとなったが、結局は芳世の鶴《つる》の一声によって一同はしぶしぶ納得した形で話を終える。皆信じてはいないだろうが、芳世という海渡の当主が決めたのだからと無理に納得したという方が正しい。

ともあれこれ以上蒼波の胸を痛めずに済んだのはよかったと脩平はほっとした。

「脩平」

話し合いを終えた後、良造が脩平のもとに近寄ってきた。さっき殴られたこともあって、やや身構えながら良造に相対する。

「なんですか」

「おまえ、いつ東京に戻るんだ」

そういえばさっきいきなり殴られたことを謝ってもらっていない。その上いつ東京に戻るのかと訊かれ、脩平はムッとした。

その言い方がいかにも早く東京へ帰れと言われているようで、気に障る。

だいたいここは自分の家だ。いつまでいたってそれは脩平の自由だろう。良造にあれこれ詮索《せんさく》される筋合いはまったくない。

「いつだっていいでしょう。叔父さんに関係ないじゃないですか」

つい冷たい他人行儀な口調になったが、それが良造には面白くなかったらしい。

ちっ、と舌打ちをされ、それ以上なにも言わずに立ち去っていった。

あまり好きではない叔父だったが、今回のことでますます嫌いな方へと傾いてしまう。

「ま、いっか」

良造のことはどうでもいい。東京に残してきた仕事が気になるといえば気になるが、元々の予定どおり、しばらくここでゆっくりしよう。

まずは潮が引いたら、蒼波に会いにいかなければ。


脩平が蒼波のもとを再び訪れたのは、次の日の朝だった。

本当はゆうべのうちにきたかったのだが、また宴会がはじまってしまい、気づいたときにはとうに潮が満ちていたのだ。

「あおなみー、いるかー」

おーい、と声をかける。

だが、蒼波はなかなか姿を見せない。

「蒼波？　いないのか？」

この前彼は近くを散歩すると言っていた。今日は天気もいいから、出歩いているのかもしれない。

海は凪《な》いでいて、春の日差しが心地よく散歩日和だ。

「仕方がないな……。そんじゃ、とりあえずやることやるか」

今日の脩平は、たくさんの荷物を持ってきた。脚立に大工道具に弁当、そしてテントに寝袋。

補修用の板も持ってきた。もちろん一度では運びきれないので、干潮の間に何度か往復したが。

「今日は余裕で泊まっていけるし」

はじめは社に寝泊まりしてもいいかと思ったのだが、社は蒼波の住まいだ。そこに図々しく居座るというのも気が引ける。

そんなとき社の補修のため、大工道具を見つけようと家の物置をごそごそ探していたら、誰かが使用していたのだろうか、キャンプ道具一式を見つけた。

テントを目にしたときには「これだ」と脩平は飛び上がって喜んだ。さいわいこの島には、飲料にできるくらいにきれいな湧き水の出る場所がある。水を司る神である竜神がいるのだから当然と言えば当然なのだろうが。

水さえなんとかなれば気温が高くなってきた今ならちょっとしたキャンプくらいできるに違いない。

ぽんぽんと満足そうに寝袋の入った袋を叩き、これで風邪をひくこともなく寝られるはずだと満足そうに荷物を置いた。

「あ、そうそう。忘れないうちに……っと」

なにしろ壊してはいけない。脩平は返せとしつこく祖父に言われた宝玉を取り出すと、社に設《しつら》えられている祭壇へとそっと置く。傷つかないように、上着にくるんで。

そして脩平は社の修理に取りかかった。

といっても、宮大工でも普通の大工でもなく、それどころかせいぜいＤＩＹ程度くらいしかできない。

だがなにより先に天井の雨漏りをなんとかしないといけなかった。雨漏りは社を腐らせる大きな原因になる。それにカビも木材の大敵である。油断しているとあっという間に腐食してしまう。

脚立に上って屋根を見る。すると屋根材に使用されている銅板の何箇所かに亀裂があった。屋根材を剥《は》がしてからの修理は脩平の技術的には到底無理であったから、家の物置から持ってきた補修用のシーリング材を用いる。ほんの小さな亀裂でも念のために充塡《じゅうてん》していった。

これだけで完璧《かんぺき》に雨漏りが修理できるとも思わない。けれど、いくらかはましになるはずだ。

（こんなことしたって、応急処置にしかなんないけど）

所詮《しょせん》はその場しのぎでしかないのはわかっている。

（……だけど、あいつには）

気持ちよく過ごしてもらいたい、そう思うのだ。

蒼波の笑顔はやさしいけれど、どこかさみしいものを覚えてしまう。それはここで夜明かしたときに強く感じたことだ。

（喜んでくれるといいけれど）

そういえば脩平が誰かのためになにかをするのは随分と久しぶりだった。幼い頃はともかく、思春期を過ぎてからはこの場所の、この息の詰まる環境にただ焦燥感だけを募らせ、集落を出たいというそれだけをエネルギーにして生きていたし、上京してからは食べることに必死だった。

振り返ってみると、常に自分のことしか考えていない。

「つまんねえ人生」

しかも、夢が叶って写真の仕事をしているのにも拘わらず、心が折れそうになっているというていたらく。

それに比べて蒼波はひたすら自分のためではない誰か――この海の――ために気が遠くなるくらいの年月を費やして守り続けている。

いくらでも自分の思うままに過ごすことだってできるのに。

「よし、気合い入れっか！」

あのへんてこな竜神のためにできることをしてあげたいという気持ちがむくむくと頭を擡《もた》げる。

流れてくる汗を首にぶら下げたタオルで拭《ぬぐ》いつつ、自分を鼓舞するように声をあげる。

「あー、結構ヤバいか？　ここのひび」

経年劣化と思われるような、壁板のひびがかなり大きい。一箇所だけでなく複数あるひびに脩平は顔を顰めた。

東京に帰る前にでも、しっかり修理をしてもらえるところを探して頼んでいかなければと、作業をしながら考える。

ひとつ修繕箇所を見つけると、他の場所も気になってしまう。すきま風の入り込む壁や、ガタガタになっている扉など、脩平は金槌《かなづち》片手に汗だくになって作業した。

お日様が頭のてっぺんを通過し、傾きはじめても、いまだ蒼波の戻ってくる気配はない。

朝から働き詰めで脩平も疲れてきた。器材を持って走り回る体力は培われているものの、なにせ慣れない仕事だ。よけいなところに力が入っているのか、釘《くぎ》を打つ手がふらふらしだす。

「いてっ」

とうとう金槌で、自分の指を打ってしまった。打ったというよりも掠った程度だが、思わず声をあげる。

「脩平さん!」

どこからか声が聞こえた。かと思うと木の陰から蒼波が姿を現し、脩平の傍まで駆け寄ってきた。

「大丈夫ですか」

「ああ、平気——って、おまえいたのか!」

赤く腫《は》れた脩平の指に手を添え、蒼波が心配そうな顔をしている。それはともかくここにいたなら姿を見せればよかったものを。

蒼波は脩平の言葉にはっとした顔をした。そしてすぐさま脩平から視線を逸《そ》らす。

「……はい、ずっと」

「どうして姿見せなかったんだ? おれがきたの迷惑だった?」

すると蒼波はふるふると頭を振る。

「ちっ、違います。そうじゃなくて、あの、本当にもう一度きてくれるとは思ってなかったので……」

約束どおりに、しかも次の日早速に脩平がやってくると思わず、あまりに驚いて隠れてしまったのだと蒼波はどことなく恥ずかしそうに、ぼそぼそと小さな声でそう言った。

「あのねえ……。約束しただろ？　またくるって。それに借りたもの返さないとさ」

「借りたものって？」

きょとんとした顔で蒼波が訊き返す。

「おいおい、大事なもんだろうが。——壊しちゃいけないと思って社の中に置いてきたんだ。ちょっと待ってろ」

脩平は社の中へ入って祭壇に置いた宝珠を手にして、蒼波のところへ戻る。

「ほら、こんな大事なもん、ホイホイ人に持たせせんじゃねえ」

「あ……」

脩平が宝珠を蒼波の手に握らせると、宝珠はひときわうつくしい光を放った。

やはり宝珠も元の持ち主がよいのだろう。蒼波の手の中でより一層きらきらと輝く。

「返していただけるんですか」

「返す、って当たり前だろうが。これはおまえのもんでおれのもんじゃない」

「お聞きになりませんでしたか？　これは——」

脩平は説明しようとする蒼波を遮った。

「聞いた。なんでも願いを叶えられるってんだろ?」

「だったら。これがあればあなたの願いだって、叶えられるのに。お帰りになってすぐこのお社に立ち寄ったとき、あなた願いごとをしていたでしょう? これで叶えることだってできたはずです」

「だからおれにこれを渡したわけ?」

ぐいっと脩平は身を乗り出して、蒼波の鼻先近くまで顔を寄せた。

「え、ええ……。だって」

脩平の睨むように見る視線を避けるように、蒼波は顔を逸らし後ずさりする。

「だって、なに」

「その……あなたには夢を叶えてほしいなって。たぶんこの珠が人間の願いを叶えるための力はもうほとんど残されていないから」

「それはあんたの力が弱くなったから?」

蒼波の瞳が揺れる。「そうなんだな」と念を押すように訊くと「でも脩平さんおひとり分くらいの願いを叶えるくらいはできます」と笑顔を見せる。

「だからって、じゃああんたはどうなっちまうんだ。願いを叶えた後、あんたはどうなるわけ」

「それは……その……」

「もっと力を失うんだろう？」

はい、と蒼波は小さく頷いた。

「でも、もうわたしの力など皆さん求めていらっしゃらないと思いますし、だったらせめてお役に立てるうちにと」

まだ自分が役に立てるうちになにかしたかった、と彼は言う。神様にそんなことを言わせてしまうなんて、と脩平は罪悪感に駆られた。

と同時に、神様のくせに自己犠牲がすぎる、と蒼波に対して理不尽な怒りも覚えた。だからつい意地悪いことを口にする。

「ふうん。でも、あんたおれがこれを悪用したりすることは考えなかった？　世界征服企《たくら》んじゃうとかさ」

「世界征服しちゃうんですか？」

真顔で訊き返されて脩平は目をぱちくりとさせた。大げさな例え話だったが、例えが幼稚すぎたか。じいっと見つめてくる蒼波の目が真剣で逆に脩平が狼狽《うろた》えた。

「いや、そんなの……考えちゃいないけど」

「脩平さんはしないですよ」

「言い切っちゃうんだ？」

「はい。脩平さんはやさしい方ですから」

やさしい、と言われて、今度は脩平が戸惑う番だった。あの夜もそういえば蒼波は脩平のことをそんなふうに言っていたような。けれど彼にやさしいと言われるほど自分はやさしかっただろうか、と首を傾げる。

「誰がやさしいって？　買いかぶりすぎだって」

ははは、と乾いた声で笑いながら否定する。

「いえ、そんなことないと思います。でなければ、赤ちゃんを庇って自らわたしの贄になろうなんて思わないでしょう？　それに、もし悪用されてしまうなら、それはそれで仕方がないなと。あなたのために使ってもらいたかったんです」

「ありがとな。でもさ、おれ、自分の夢を叶えるのにズルしたくないんだ」

願いが叶う宝珠はとても魅力的である。一言、その珠に向かって告げればいいだけなのだ。実際、祖父から願いが叶うと聞いたときには、一瞬願いごとを口にしてしまおうかと思ったほどだ。

だが、しなかった。それは最後に残ったプライドでもある。いくら夢からはほど遠いところにいたとしても、自分の夢である以上は自分自身の手でそれを摑まなければ意味はない。それがたとえ虹を摑むような、不可能に近いことだとしても。

脩平がきっぱりと告げると、蒼波はふわりと笑顔を見せた。

「本当に使いませんか？」

「使わねえ、って言ったぞ。おれは」

「そうですか……」

蒼波は肩を落とす。

「おいおい、なんであんたががっかりしてんだよ」

「これなら脩平さんのお役に立てると思ったのですが……」

しゅんとした顔をされて脩平は戸惑った。まるで使わなかったことが悪いと責められているようで後ろめたくなる。

「お役に立つも立たないも、それはあんたにとってすっげえ大事なもんなんだろ。しまっておけよ」

蒼波は脩平に言われてずっと手のひらに載せたままの宝珠をしぶしぶ懐へしまう。それにしてもあの珠が彼の手から離れていた間、彼はなにもできなかったのではないか。

「つか、あんたはそれがないと神通力が使えないんだろう？　元の竜の姿に戻ることだってできないんじゃないのか」

「ええ、まあ……そうですね」

「一晩、不便だったんじゃないのか。あんたの方がよっぽどお人好《ひとよ》し……。じゃない、神様だからなんだ？　お神好し……？　ま、いいや。とにかくそういうことだ」

支離滅裂な脩平の言葉を理解したらしい蒼波は「わたしの心配をしてくれるなんて、やっぱり脩平さんはやさしいですよ」と目を細めた。

「それで、ときに脩平さん。その大荷物は」

蒼波が社の傍に置いてあった荷物を指さした。大荷物と彼が言ったのも無理はない。なにしろテントまで用意してきているのだから。

「ん？　せっかくだからしばらくここで暮らそうかなって。家にいると気詰まりしそうでさ。食料やなんかは家に戻って取りにいけばいいだけだし。おれが東京に戻るまでにはここ、雨漏りしない程度には直しておきたいしな」

「せっかくおうちがあるのに……いいんですか」

「いいんだって。それにもっとあんたと話をしたかったんだ。……なあ、ここに泊まっちゃダメか？」

「いっ、いいえ！　そんなことありませんっ」

「そうか。ならいいけどな」

笑うと、蒼波は目を彼の宝珠のようにきらきらと輝かせ、ほんのりと頰を赤く染めた。

「じゃあ、わたしもお手伝いしますね。お荷物運びます。――これはどこに置けばいいですか？」

蒼波が持ち上げたそれはカメラバッグだった。

「あ――それはおれが持っていくからいいよ。蒼波はこっちを頼む」

はい、と甲斐甲斐しく荷物を運ぶ蒼波の背を見ながら、脩平は自分のカメラバッグを手にして苦い顔をした。

作業の邪魔になるかもしれないし、一度は家に置いてこようと思ったのだが結局持ってきてしまった。

——なんで持ってきちまったんだろうな。

こうして肌身離さず持ち歩いていたところで、いい写真が撮れるわけでもないのに……。

やわらかな海風が頬に触れ、やさしい波の音を耳が捉える。

脩平は顔を上げ、青い海原を見つめて深く息をついた。


「ふうー、極楽、極楽」

いい湯加減だ、と脩平はひとり湯に浸《つ》かっていた。

まさかこの小さな島で露天風呂が堪能できるとは思わず、はじめ蒼波が「お風呂でもいかがですか」と言いだしたときには半信半疑だったが、思っていたよりも遥かにいい湯で脩平は驚いた。

湧き水があるのは、当たり前だとは思っていたものの、外周が一キロにも満たない島に温泉まであるとは思わなかった。

社からさらに奥まったところにある岩場の陰に小さな池があり、そこに温泉が湧いていた。社は海辺に近い高台にあるためか、その奥までは知らなかった。

「侮ってたよな。つか、皆知ってんのかな、この温泉」

いや知らないだろう。知っていたらこぞってここにやってきているはずだ。

竜神の贄は皆神隠しに遭うという言い伝えがあるからか、不必要にこの地を訪れたくないと思うのだろう。

「秘湯ってやつか。すっげえ得した気分」

本当の蒼波の姿を知れば、怖くなどないとわかる。きっとこの温泉だって知ればくる者も増えるのだろうが、脩平は誰にも教えたくはなかった。

この湯にはなにか不思議な力があるようで、湯に浸かった途端脩平の身体に溜まった一日の疲れがすうっと癒《い》える。軋《きし》んだ筋肉もまるでマッサージの後のように軽くなっていた。

案内してもらったときに、蒼波は自分も浸かると言っていたから、きっとこの湯にも蒼波の力が働いているのだろう。

となるとよけいに誰にも知られたくない。

蒼波の存在もそうだ。

大事な宝珠を脩平に使わせようとするなんて、危なっかしくてハラハラしてしまう。もし悪意まみれの人間がやってきて、蒼波のようなお人好しが騙《だま》されたらと思うと気が気ではなかった。


「今までよく騙されなかったよな」

おそらく一方的に恐れられて他の人間はここへ近寄らなかったせいだと思うが、それにしてもガードが甘い。

うっかりあの宝珠を奪い取られてしまったら、一体どうなるのか。

とはいえ、脩平もはじめは食われる覚悟を決めてやってきたはずだったが、たった二日経った今では、湯に浸かってリラックスしている有様だ。

社から見える海はきれいだし、この露天風呂のまわりも様々な木々や草が茂って緑が目に心地よい。潮と緑の匂いのする空気も心を軽くする。

「守ってやれるなら守ってやりたいけど」

ぼそりと呟きながら、暮れなずむ空を脩平は眺めた。

空の色は徐々に茜色《あかねいろ》が混じりだし、やがて彩度が落ちた紫へと色を変える。

「お湯加減はいかがですか」

一番星が見えた頃、ふと背後から声が聞こえた。

振り向くと、蒼波が岩場の縁にもたれかかっている脩平の後ろでしゃがみ込んでいる。

「おー、蒼波か。このお湯最高だな。今日の疲れが全部吹っ飛んでいくわ」

「それはよかった」

うれしそうに微笑む。

「なんつーか、すっげえ身体が軽くなるんだけどさ、この温泉なんか特別なわけ？　あんたの力が働いているとか、そういう類《たぐい》のもんなのか？」

さっき感じたことを脩平は訊ねる。

「わたしの力、というよりこの土地の力なんですよ。元々この地は自然の波動みたいなものが大きく作用するところなんです」

「波動？」

「自然の持つエネルギーの動き、だと思っていただければ。その力が比較的強いので、例えば海では珊瑚が、そして山では瑪瑙がといった宝に恵まれるのです。エネルギーが大きいというのは、潮にも影響しているため多少荒れやすいという難点はありますが、その分よい漁場にもなるということで」

「なるほどね」

蒼波の説明を聞きながら、脩平はいちいち頷いていた。

「ただ、あまり荒れてしまうとあなたたちの生活に支障が出ますから、わたしが抑えておかないと」

そうか、と脩平は納得した。

そうやって、蒼波はずっと昔からここで、ここに住む人間のために力を使っていたのだ。

「わたしは兄弟の中でもみそっかすで、なので治められるのもこの小さな範囲でしかないのですが」

きまり悪いというような顔を蒼波がする。みそっかす、という言葉にそのきまり悪さの原因があるのだろう。

「へえ、兄弟がいるんだ」

さりげなく水を向けた。

「はい。兄弟はたくさんいるのですが、わたしだけができそこないで……。あ、だからわたしと違って兄や弟たちはもっと大きな海や川を治めていますよ」

「ふうん。でもおれは立派な蒼波より、ここにいる蒼波がいいと思うけど。じゃなかったらこうやって話もできなかったかもしれないだろ」

心なしかさみしげな顔をする蒼波にそう言ってやると、彼はいくらか明るい顔に戻った。

「そういえば脩平さんがさっきお持ちになっていたバッグ、とても大事にされていたようですけれど。大事なものならおうちに置いていかれた方がいいんじゃありませんか？」

「いや、あれはカメラだから……」

言いかけたところで「カメラ！」と蒼波がはしゃいだ声を出した。

「わあ！　脩平さんは東京で写真のお勉強されて、お仕事もされているんですよね！　今度どんなお写真撮ったのか見せてもらっていいですか？」

ねだられて、脩平は困惑した。

正直に言って自信がない。蒼波に見せてがっかりされたらと思うと怖かった。

「生憎《あいにく》……撮ったもんは全部置いてきちまってるから、見せるようなものはなんにもない」

「そうですか。でも、カメラがあるっていうことはこれから撮られるんですよね？　じゃあ、そのうち脩平さんの写真を見られるってことですよね？」

目を輝かせて「見たい」と言う蒼波に、ああそのうち、と気のない曖昧な返事をしながら、蒼波に聞こえないようにひとつ溜息をつく。

「悪ぃ、やっぱ無理。あんたに見せられるようなもんはおれには撮れない」

衒《てら》いなく見つめてくる蒼波にとても嘘は言えなかった。どうしてだろう、彼を目の前にするとさらりと受け流すことができないでいる。澄んだ瞳で見つめられると、すべてを見透かされたような気持ちになってしまう。

「どうしてですか」

きゅっと眉を寄せて残念そうな顔をされて、後ろめたさを抱えたように胸が痛んだ。

「……才能ないんだよ、おれは。だからあんただけじゃなくて他の誰かでも見せられない」

だからなのか、するりと弱音が口をついた。

ここにきてから自分はやけに饒舌《じょうぜつ》だ、と脩平は思った。蒼波相手だと言わなくてもいいことまでつい言ってしまう。それはたぶん蒼波にはなにもしてあげなくてもよくて、彼自身に打算も悪意もなにもないからなのだろう。見栄だの意地だの張らなくてもいい。それはとても心地がよくて、肩の力もなにもかもすっかり抜けていく。

「才能とか、誰に言われたか知りませんけれども、わたしは脩平さんの写真が好きでしたよ」

「あのさ、好きでした、って見てもいないくせに」

いつ見たというのだ。小さい頃には会っていたというけれど、自分が成長してからは会ってはいないはずだ。写真を見る機会など一切ないというのに。

「見ましたよ？　コンクールで入選なさったときに、この島にいらして見せてくれたじゃないですか」

にっこりと笑う蒼波に脩平は目をぱちくりとさせた。

次から次へと忘れ去っていた過去に向き合わされて、脩平は軽く混乱した。そうだったか、そんなことがあったか？　と当時を思い出す。そうだ、受賞がうれしかったが、家族の誰にも見せられなくてここにきてお社の前で受賞した作品を掲げた――そんなことがあった。

「あー……、そっか。あんたがいたんだな……そうか……」

「はい。でもひどいことを言う人がいるんですね。才能がないなんて」

蒼波が憤慨したように言った。

「いいんだよ。本当のことだから。だからさ、迷ってんだよ。このまま続けていっていいのかなってさ」

これは誰にも言ったことがない。蒼波しか聞いていないから素直な気持ちを吐露した。

「脩平さんは……お嫌なんですか？　もう、写真を撮るのは」

「嫌じゃないよ。できればずっと撮っていたいくらいだけどね」

「だったらお撮りになればいいじゃないですか。それとも写真を撮るのに好き以外のなにかが必要なんですか？」

その言葉は脩平の胸をふわりと軽くさせた。

才能がない、そういくら言われても写真が好きなことには変わりない。

この前の夜も、この島から見た海や空があまりにすばらしく、改めて見入ってしまっていた。

自然というのはその一瞬一瞬で表情を変える。金色に輝く波を撮りたいとシャッターを切るそのタイミングがわずかでもずれただけで、その色は別の色に変わってしまう。

思うような画《え》を撮れたときには奇跡にも近い感動がある。

才能がなくたって、撮るのは自由だろう？

せめてここにいるうちは自分の好きなものを好きなように撮りたい。そうすることでなにが変わるわけでもないと思うけれど……。

「……ああ。蒼波の言うとおりだ。そうだよな好きに撮っていいんだ。……わかったよ。じゃあ、今度撮ったら見せるよ」

脩平の言葉にぱあっと蒼波の顔が明るくなる。そんなにうれしいものかと思ったが、悪い気はしない。

「そうだ。なあ、あんたは入らねえの？」

「わたしですか？」

「ああ。あんたも一緒に入ろうぜ」

「い、いえ、わたしは後ほど……」

遠慮するように蒼波は一歩後ろへ下がる。

「いいじゃねえか。遠慮すんなって」

「いいですから」

蒼波は頑《かたく》なに拒んだ。

脩平は立ち上がり、後ずさりしようとしていた蒼波の手を引く。

それが思いの外力を込めて引いてしまったらしい。

「わっ！」

脩平に引き寄せられた蒼波はそのまま湯の中へざぶんと大きな音と水飛沫《みずしぶき》を立てて落ちた。

彼の着ていた着物が水面に広がり、ぶくぶくと泡が立つ。

「蒼波⁉」

やりすぎた、と思って脩平が声をかけたが、蒼波の身体は水の下に潜《もぐ》ったまま出てこない。すっかりあたりが暗くなっているせいで、周りの様子がいまひとつはっきりしないため、彼がなかなか姿を現さないのが心配になった。

脩平は広がった着物をすくい上げたが、そこには蒼波の姿はない。濡《ぬ》れて重くなった布地を手に脩平は狼狽えた。

「おい！　蒼波！」

呼んでも返事がない。竜神だから溺《おぼ》れることはないとはいえ、不安になる。無理やりなことをしたから怒ってしまったのだろうか。

すると水面に小さなさざ波が立って、その下にゆら、と影が見えた。

と思うとそれはちゃぷんと可愛らしい水飛沫と共に、水から顔を出す。ふわりと浮く。だがそれはこの前見せた、小さな竜の姿になった蒼波だ。

「蒼波！」

ほっと胸を撫で下ろしたが、同時に申し訳なくなる。

「悪い、調子に乗った」

『だから嫌だったのに……。脩平さん、ひどいです』

「ていうかさ、水に浸かると戻っちゃうわけ？」

ぷかぷかと半分ほど湯に浸かっている蒼波を覗き込む。こうして見るとよくできたおもちゃのようで、なんだかおかしくなってクスクスと笑ってしまう。

『……別に水に浸かったから戻ったわけじゃありません』

妙に拗《す》ねた口調の蒼波が可愛らしい。

「まあ水に浸かったら戻るなんて、フリーズドライでもあるまいし」

あはは、と大声で笑うと蒼波のつぶらな瞳が睨んできた。

「ごめん」

じいっと見つめられ、ちょっとやりすぎたと脩平は即座に蒼波へ謝る。

『戻るのはこの温泉だけですよ。このお湯だけは、入ると力が抜けちゃってついつい元の姿になってしまうというか……』

「お湯に入ると煮えるとか？」

『煮えません！』

「あはは。冗談だって、冗談」

『案外人が悪いんですね、脩平さん』

ちゃぷちゃぷと脩平の周りを泳ぎながら蒼波が言う。力が抜けるというよりもかなりリラックスしているようだ。泳ぐ姿が楽しそうに見える。

「へえ。まあ、なんとなくわかるな。おれもこのお湯はほっとする心地よさだ」

脩平はざぶんと肩まで浸かる。

「こっちこいよ。もうその姿になっちまってんだ、かまわないだろ」

『……そうですね』

蒼波はすーっと脩平の隣にやってきた。

「おかしなもんだな。おれ、今、竜神様と一緒に風呂入ってるんだぜ。人生のうちでこんな経験するなんて思わなかったわ」

『わたしも人間と一緒にお風呂なんてはじめてですよ』

「へえ、はじめてなんだ」

『なんですか、その意外そうな顔』

「いや、だってさ、千年以上も生きてたら人間と一緒に風呂くらい入る機会くらいありそうなもんだけど」

蒼波は黙って俯いた。それがあまりにさみしげで脩平ははっとする。

その仕草の裏にどんな気持ちが隠されているのかはわからない。彼が過ごしてきた長い年月を思い返すと、もしかしたら彼を傷つける発言だったかも、とすまなく思った。

『ありませんでしたよ。だからなんだか恥ずかしいです』

だが蒼波はそんな脩平の思いとは裏腹に至って明るく返事をくれる。

「そっか――おっ、あれ流れ星かな」

内心で、口が過ぎた、と反省しながら脩平は咄嗟《とっさ》に話題を変えた。

彼が明るく振る舞っているのなら、自分もそれに倣うべきだ。

空を見上げるとすっかり空は暮れてしまっていた。すっ、と視界を横切った小さな光を見て脩平が言うと「人工衛星ってやつなのではないですか」と夢のないことを蒼波が口にする。

絵空ごとだと思っていた竜神様に現実的な単語を言われるとは思ってもみなくて、脩平はクックッと笑った。

『おかしいですか？』

「いや、そうじゃなくてさ。……楽しいなと思って。あんたは？」

そう、楽しい。こうして他愛もない話をして、一緒に風呂に浸かって。

『はい、楽しいです。誰かと一緒にお風呂に入るってこんなに楽しかったんですね』

「そうだな」

いい湯だ、そう言いながらふたりで空を眺める。

『今日は星がよく見えますね』

「きれいだな」

この星空も、この景色も本当はカメラに収めてみたい。けれど、きっとこの景色は今の自分では表現ができないような気がした。

——それでもいつか、きっと。

撮ってみたい、そう思う。

そしてそっと胸の中に脩平は今のこの景色を収める。たぶん何年経っても、いつまでも忘れることはないんだろうな、と自分の横でぷかぷかと浮かんでいる小さな竜をやさしく見つめた。

5.

すっかり通い慣れた干潮後の道を、脩平は歩く。

島でのテント生活はそれなりに快適だった。食料は実家から調達してくればよいことだし、なにせ島には風呂もある。

テントでの寝心地の悪さだけが難点といえば難点か。

蒼波はしきりにテントではなく、社で寝たらどうかと誘ってくれるのだが、はじめの日はともかく神様のねぐらに軽々しく足を踏み入れてもいけないと脩平は頑なに断っていた。

ともあれ脩平は食料を調達しがてら毎朝家に戻る。ついでに朝の海をカメラに収める。これも最近の日課だ。

風呂で蒼波と話をしてから、すっかり脩平は吹っ切れていた。あれから自分の気持ちの赴くままにシャッターを切っている。それが楽しくて仕方なかった。昔のようにがむしゃらにカメラに向き合って、出来がいいとか悪いとかそういったよけいなことを考えずにただファインダーを覗いていた。

海は日によって表情を変える。毎朝同じ時間に撮っても、まるっきり同じ海、ということはない。どの時間の海もすべて撮りたいのに変わりはないが、脩平は朝の海が好きでいくら撮っても飽きることがない。撮っても撮ってもきりがないくらいなのだ。

穏やかで静かな海も、それから風のある日に立てる白波も、それが時と共に変わる朝の空の色と相俟って複雑な色を作り出す。

今朝《けさ》はみがきたての水晶のようにつるりと輝いている。

おそらくこれほどの景色は日本全国駆けずり回ってもそうは見つけることができないだろう。

昔住んでいた頃もうつくしいとは思っていたが、いったん離れてから戻ってくると、よりそのうつくしさが際だっているということに気づいた。

そしてもうひとつ脩平は撮りたいものがあった。

それは蒼波だ。

しかしそれは無理なのだと蒼波自身に伝えられている。だが彼はとてもカメラに関心を抱いているようで、脩平があちこち撮影していると興味深げに覗き込んでくる。

今朝も早朝からカメラを構えていたら、いつの間にか蒼波がいた。

「あんたを撮りたいんだけどね、本当は」

と、カメラを蒼波に向けたところ、彼はふふと小さく笑いながら、

「わたしの姿は写真には写りませんよ」

そう言って、くるっと背を向けてしまった。

本当だろうか、と思いながら、脩平はそっとシャッターを切ったのだが、すぐに確認した画像には蒼波の姿はなく、ただうららとした春の日差しを受けてきらきらと波を輝かせている海しか写し出されていなかった。

「もったいねえな」

神様だから、写らないのは当然といえば当然なのだがやはり残念なことに変わりない。彼のうつくしい姿を手元に残したかったのだが、それは叶わないらしい。

「あのちっこいのでもいいいんだけど」

脩平はくすくすと笑う。

人間体の優美な姿とはまた違って、本来の彼の姿もまた愛嬌《あいきょう》があって可愛らしい。つい揶揄いたくなるその天然っぷりがまた脩平のツボをくすぐる。

彼といると時間が不思議なほど穏やかにやさしく、そしてあっという間に過ぎ去ってしまう。

いずれにしても幼い頃からすっかり忘れ去っていた、穏やかな気持ちを取り戻すことができている。それはひとえに彼のおかげだと思っていた。

「今日は酒でも持ってくるかな。蒼波、あいつメシ食わねえけど、酒は飲めるしな」

あの露天風呂に入りながら星空の下で一杯。きっとうまいに違いない。

そう思いながら脩平は先を急ぐ。浜辺へ辿り着いて家への急な坂道を上ろうとしたときだった。

「良造さん、あそこですか」

聞き慣れない声を脩平の耳が捉えた。

崖上に見かけないスーツや作業着を着た数人の男たちがいて、蒼波の島を指さしている。

彼らは叔父の名を呼んでいた。

脩平は咄嗟に近くにあった大きな岩の陰に身を隠す。なぜだか自分の姿を彼らに見られたくなかった。

男たちは浜辺への小道を覚束《おぼつか》ない足取りで下りてくる。

「ああ、そうだ。あの島なんだがな」

良造の声がした。男たちの後ろからいくらか遅れて姿を見せた。

「外海から船ってのは無理なんですかね」

「いや、それは無理だ。岩礁《がんしょう》が多くて浅いもんだから、船の底がやられる。おまけに外側の潮の流れが案外速くて渦を巻いているんでな。小さな船だと下手するとすぐに転覆だ」

「そうですか……それじゃあ、他の方法を考えないといけませんね」

それ以上の話し声は聞き取れなかったが、男たちはなにやら大がかりな機器を持って、浜辺のあちこちをうろうろしはじめた。

「………?」

脩平は首を傾げる。

男たちが蒼波の島に関心を抱いているようなのはなんとなくわかったが、その目的がわからない上、そこに良造が関わっているというのがさらによくわからない。

(胡散臭《うさんくせ》えな……)

海渡の家の者が、よそ者を積極的に受け入れるということはほとんどない。しかも男たちは見るからにディベロッパーのようでもある。

昔からリゾート開発だとか、企業誘致だとか、そういう類の輩《やから》は数多くやってきたが、海渡はそれらをすべて断ってきた。

だがいま脩平が目にしている者たちは、良造が自ら案内をしている。

(ありゃ、じいさんの差し金じゃねえよな……)

脩平はすぐさま男たちとそして良造をカメラに収めておく。なにか嫌な予感がしたのだ。

とはいえ、この集落を出ていった脩平は現在の事情をまったく把握していないため、ここで彼らの前に出ていくのはいささか気が引ける。とりあえず関わらないのが吉だと判断し、彼らに見つからないように、坂道を上っていった。

「脩平か」

家へ戻り、食料を物色していると、台所で声をかけられた。

振り向くとそれは芳世だった。

「じいさんか。なんだびっくりした」

「おまえ、お社を直してるんだって？」

「ああ、なんせかなりボロっちくなってたからな。応急処置しかできねえけど。悪いけどさ、あそこちゃんと直してやってくれよ。あれじゃあ、秋になって台風でもやってきたら壊れちまう——お、チーカマみっけ」

冷蔵庫から、酒のつまみになりそうなものを見つけてはビニール袋に突っ込んでいく。

「酒は……っと、あ、ここか」

一升瓶に入った日本酒を手にして、それは別の袋に入れた。

「随分楽しそうだな」

いつも気難しいしかめっ面しかしていなかった芳世が珍しく楽しげな声を出している。

「あ？　うん、そうかもな」

「恋人にでも会いに行くような顔をしおって」

「恋人？」

芳世に指摘されて、自分がそんな顔をしているのかと気恥ずかしさを覚える。

楽しそうと言われたとおり、気持ちがうきうきしていると脩平自身も思っていた。それが恋人という例えをされて、はっとしたのも確かだ。

二十五にもなってこれまでつき合った女性がいなかったわけではない。それなりに恋愛経験はある。一年ほどつき合った彼女もいたし、一夜限りの遊びでのつき合いだってないと言えば嘘だ。

けれど、思い返してみれば今以上に楽しかった、と思えるつき合いではなかったような気がする。

彼女がいてそれなりには楽しかった。可愛い顔と柔らかい身体。抱きしめるといい匂いがして——だが思い出せるのはそれだけだった。

「恋人じゃねえけど。残念ながら」

竜神様とほのぼの話すのが楽しいだけだ、と言っていいのかどうなのか。それこそ茶飲み友達と縁側で他愛もないお喋《しゃべ》りをしているような過ごし方だが、なぜかそれが楽しい。

そうはいっても相手は竜神様で、芳世には蒼波が実在することを伝えてはいたが、果たしてどれだけ信じているのかというのはわからない。

(竜神様と温泉に入ってます、なんてきっと信じちゃくんねえだろうしな)

内心で苦笑しながら、脩平は答えた。

「そうか。おまえがそう言うなら、そういうことにしておこう。それはともかく、たまには父さんたちと一緒にメシくらい食べてやれ。せっかくおまえが帰ってきているのにおまえが姿を見せないもんだから、さみしがっている」

芳世はそれだけを言うと台所から出ていく。

てっきり島で過ごしていることを芳世には咎《とが》められるのかと思っていたのだが、そうではなくて脩平は拍子抜けした気分だった。

もうひとつ意外に思ったのは、両親のことだ。

両親に脩平はこれまで深い愛情、というものをさほど感じずにいた。なに不自由なく過ごさせてはくれたし、不快な思いをしたこともない。しかしどこか遠慮がちというか、他人行儀というか、密接な親子関係というのは築けていなかったような気がしていた。

両親の気持ちは今になってみればよくわかる。

よそ者を受け入れない体質の海渡の家にやってきた父と、祖父に遠慮しながら生きてきた母。まわりは親族ばかりで、しかもありとあらゆるところから監視されていると思えるほど干渉されている。分家ならばいくらか自由がきくとはいえ、ここは本家でなにもかもが注目の的だ。

「…………」

若い夫婦は目立たないよう声を潜め身を縮めて暮らさなければならなかったのだろう。

ここへくるのは蒼波に伝えていない。黙って戻らなかったら心配するだろうか。

いや、そもそも脩平が勝手にあの島に居着いているだけだ。蒼波が心配すると思い込むのはどうかと思う。けれどももし万が一、ほんの少しでも彼が脩平の不在をさみしいと思ってくれるのであれば……。

「いったん、あっちに戻ってから、かな」

この話をしたら、きっと蒼波はちょっとムッとした顔を作って「ご両親と一緒にいてください」と言うのだろう。

けれど、あの島にひとりぼっちでいる蒼波を放ってはおけないような気持ちに脩平はなっていた。

「あいつのことだから、千年もひとりでいたのにいまさら、とかなんとか言っちゃうんだろうけどな」

よいしょ、と一升瓶と袋に詰め込んだ酒のつまみを手にして脩平は立ち上がる。

島まで行き来できるのは約二時間程度だ。さっさと戻らないと、次の干潮は夜になる。

「そういや……良造叔父さんのことじいさんに言うの忘れちまった」

行きがけに見た、良造と怪しげな男たちについて芳世に教えておくのを失念していた。

「まあ……明日でいっか」

これから芳世の部屋に行き、説明なんかしていたら、島に渡るタイミングを逃してしまう。話をするのは次の機会でもいいだろう、そう思って脩平は家を出た。

「相変わらずいい飲みっぷりだな」

酒を持ってきた、と島へ戻って蒼波に言ったところ、彼は目を輝かせた。

食べ物と酒はどうやら別らしい。脩平にしてみたら食べるのも飲むのもさして変わらない気がするのだが。

「お酒なんて、お正月くらいにしか飲めないと思っていたのに、この間からこんなにたくさんいただけてうれしいです」

なるほど、と脩平は傍らに置いた一升瓶をちらりと見遣る。

正月には酒を供えるからなのだろう。逆に言うと正月しか酒が飲めないというのは、かなりせつないかもしれない。

「酒くらいいくらでも持ってきてやるから、好きに飲め」

「はい」

にこにこと蒼波が笑う。

持ってきたぐい飲みを並べ酒を注ぐ。こんな場所では燗《かん》は無理だから、そのままで。

「たいしていい酒じゃねえけどな。他になかったんで勘弁してくれ」

こんなにうれしそうな顔をするなら、もう少しましな酒を探してくるんだった。脩平はぐい飲みに口をつける蒼波を見ながら、自分もぐいと酒を呷る。

「おいしいです」

「そりゃよかった。もっと飲めよ」

くい、と一気に飲み干す蒼波に酒を注ぎ足してやった。

酒の肴《さかな》はチーカマとサンマの蒲焼《かばや》きの缶詰だ。他にお新香と塩辛もある。

蒼波はチーカマを見て目をぱちくりとさせた。

「脩平さん、それは?」

「ん? これ? チーカマ」

「ちーかま……」

「チーズかまぼこってやつ。見たことねえか、ってねえよな」

あはは、と笑い飛ばしたが、蒼波はじいっとチーカマを凝視し続けている。どうやらプルプル震える細長いものが気になるらしい。

「食ってみるか?」

蒼波は食べ物を口にせずともいいというだけで、食べるという行為についてはできないわけではないという。

酒の味がわかるのだから、他のものだって味がわかるはずだ。

「え、だってそれは脩平さんの」

「いいって。食うもんはまだたっぷりあるし、チーカマくらいあんたが食べたって」

「そ、それじゃあ……」

脩平は新しいチーカマを取り出すと、それを包んでいるフイルムを剝いて蒼波に差し出した。

「わっ」

蒼波はチーカマを受け取るとその不規則にふるふる震える細長い物体を見て目を丸くする。

その様子がとてもおかしくて、脩平はクックッと喉《のど》を鳴らして笑った。

「ほら、食ってみろって」

脩平が促すと蒼波はおずおずと口を寄せた。大きく口を開けてぎゅっと目を瞑る。

はむ、と蒼波がそれを咥《くわ》えたとき、脩平はどきりとした。

（やば……っ、えっろ……）

まさかチーカマを咥える蒼波にエロスを感じるとは思わなくて、脩平はひどく狼狽える。

意識した途端、顔は火照りだすし、心臓は鳴りだすしで困ってしまった。

（ちょ……落ち着けって）

顔を引《ひ》き攣《つ》らせながら、冷静になろうとゆっくり呼吸する。

「わあ、おいしい！」

だがそんな脩平をよそに蒼波はチーカマの味を気に入ったらしくはむはむと食べている。

「脩平さん、ちーかまおいしいです！」

はあ、とほんのり頬を染めて蒼波が満足げに大きく息をつく。

それがまた今の脩平にはかなりの毒で、そのついた吐息の音がどうしても色っぽいものにしか聞こえない。吐息に色が見えるとしたなら完全にピンク色だ。いや、自分の目にピンクのフィルターでもかかっているのか、と脩平は両手で目を覆った。

「脩平さん？」

蒼波が脩平の顔を覗き込む。

「うわっ」

ただでさえきれいな顔の蒼波の顔がどアップで迫ってきて、脩平は思わず大きな声を出した。

（おっ、落ち着け……落ち着けおれ……。つか、あれ……とんだ破壊力だっつの）

すーはー、と深呼吸をして、蒼波に向き直った。にっこりとぎこちない笑顔を作りながら。

「どうかしましたか？　脩平さん、さっきからおかしいですよ」

「いっ、いやっ、な、なんでもないから」

「そうですか？」

「ちょ、ちょっと酔ったかなー、なんて」

ははは、と作り笑いをしながら慌てて言い訳をした。

「大丈夫ですか？」

心配そうな顔をする蒼波の顔から視線を逸らすように、脩平は「水、水飲んでくる」と立ち上がった。

社の裏手にある湧き水の出る場所で、顔をバシャバシャと洗う。気持ちを落ち着かせるように水をごくごくと浴びるだけ飲んだ。

「はー……どうしたんだ、おれ」

これまで蒼波のことは、きれいで可愛いとは思っていたが、それだけだった。

蒼波相手に欲情するなんてあり得ないと思っていたし、あってはならないことだ。なにしろ相手は神様なのだ。

しかし……。

「なんだよ……もう」

蒼波を意識してしまう。それはまるではじめて恋をしたときのような気恥ずかしさだった。

こんなふうに意識してしまうのは、今朝、家に帰ったときに芳世に「恋人にでも会いに行くような顔をしおって」と言われたせいだろうか。

ぼんやりと考えながら、再び蒼波のもとに戻る。蒼波はまだ大事にチーカマをもぐもぐと食べながら幸せそうな顔をしていた。

「うまいか?」

声をかける。

「はい、とっても。皆さんはしあわせですね。こんなおいしいものがあったなんて」

「よっぽど気に入ったんだな。チーカマくらいいくらでも買ってやるからたくさん食えよ」

「いいのですか?」

「ああ、いいよ。気に入ったんだろ」

「ありがとうございます! 脩平さん!」

ぱあっと蒼波が笑顔になる。それがとても愛《いと》しいと思ってしまう。

と、同時に胸の奥に甘酸っぱい思いが広がる。

そのときだった。蒼波が突然目を伏せた。

「蒼波?」

様子がおかしい。声をかけると蒼波はきゅっと唇を噛んで、俯いてしまった。

「おれなんかしたか?」

もしかして自分の言葉が蒼波を傷つけてしまったのだろうか。上から目線でチーカマを買ってやるなどと言ったから、彼のプライドを傷つけてしまったのかもしれない。

「悪い。おれ、言葉悪いからさ、なんか気に障った言い方してたらごめん」

脩平は咄嗟に謝った。

するとその蒼波は「いいえ、いいえ」と首を振る。

「違うんです。脩平さん、違うんです。その逆……」

言いながら、蒼波は伏せたその目から涙を一粒こぼした。

「え……？」

すん、と蒼波は鼻を啜ると着物の袂で涙を拭う。

「この前のお風呂もそうでしたけれど、こんなに……こんなに何日も楽しいのは本当に久しぶりです。わたしはずうっと……そう、もう何百年も放っておかれたので」

「あ……」

「こうやって誰かと一緒にお酒を酌み交わすのも、そしてこんなにたくさん誰かとお話をするのも」

蒼波は遠くの海を見つめる。

群青色《ぐんじょういろ》の空には無数の星が瞬いており、海はその色を返して空と同じ色に染まっている。

ざあ、ざあ、と静かに立てる波の音が耳に心地いい。

蒼波はずっとひとりでここにいたのだ。ひとり、はさみしい。魚たちや、蒼波が立ち寄った先で話しかけた人間たちとは時折語らうこともあっただろうが、それでも基本的にはたったひとりだ。蒼波に寄り添ってやる者は誰もいない。

ふと目に入ったのは蒼波の瞳の色だった。

光の入り方によって、様々に見える彼の瞳の色と、この海の色はとても似ている。

海と一緒に彼はどれくらいここで暮らしてきた者たちを見つめてきたのだろう。たったひとりでどんな気持ちで。

「楽しいって思ってもらえておれもうれしいよ」

愛しくて愛しくて……抱きしめたい。そんな衝動が脩平の中に生まれつつあるのを感じた。これは愛情なのか。……それとも同情なのか。

酒の入った、回らない頭で思考を巡らせる。

しかし、はっきりしているのは、迂闊《うかつ》に彼に触れてはいけないということ。あくまでも彼は神様で自分は人間なのだから。

「ほら、チーカマまだあるぞ。いっぱい食え、な」

脩平は彼が気に入ったというチーカマをずいと差し出してにっこり笑う。

「はい！」

蒼波も満面の笑みを浮かべ、脩平からそれを受け取る。

大事そうにちみちみと食べている蒼波を見ながら、なにかの感情を流し込むように酒をぐいと一息に飲み干した。

6.

相手は神様だから特別な気持ちを抱いちゃいけない、そう自分に言い聞かせた……はずだった。

そう、ゆうべ酒を飲みながら己を律したのだが。

昨夜から、チーカマを咥えた蒼波がぽわんぽわんと頭の中にシャボン玉のように浮かんでは弾けて消える。ずっとだ。けっしてセクシャルな行為をしているわけではないのに、それを思い出すとカッと身体中の血が熱くなる。

それから——胸が苦しくなってなにも考えられなくなり……重症だ。

つまりそれは明らかに恋心を抱いたということに他ならない。しかも中学生の恋のような。

「……もっと早くに会いたかったよな」

独り言のつもりでぼそりと呟いたのを蒼波は耳にしたようだ。

「どなたにですか？　脩平さん、どなたかとお会いになる予定でもあるんですか」

傍に寄ってきて、相も変わらずとんちんかんなことを言う彼が、たまらなく可愛い。

噴き出しそうになるのを堪え、「いいや」と答えた。

「そうじゃなくてさ。蒼波ともっと昔に会いたかったなって。高校のときとか。そしたらおれはここを出ていかなかったかもしれない」

ははは、と脩平は笑う。あの頃彼に会っていたら少しはなにか変わっていたかもしれない。少なくとも、不満をバス停の待合所にぶつけてはいなかっただろう。毎日鬱々としていて笑うことなんか一切なかったな、と高校時代の自分を思い出す。

「そうなんですか？　だって、脩平さん、写真のために東京に行かれたのでしょう？」

脩平の隣に座った蒼波が首を傾げる。

「うん、まあそうなんだけどさ」

写真を勉強するために、というのは飛び出すための口実だった。あの頃一番現実的なのがそれであるというだけで、他に方法があればそちらを選択していた可能性だってあった。

とはいえ、写真は当時の脩平にとって唯一の楽しみではあったけれど。

写真との出会いは高校に入学してすぐのことだ。そのときの担任の趣味が写真で、彼の作品を見て衝撃を受けた。それはここの海を撮ったものだったのだが、自分の見ていた海と彼の撮った海とはまるで違っているように思えたからだ。

もちろん彼の撮った海もすばらしかった。が、脩平はこのうつくしい海には他の魅力があると思えたし、だったら自分も撮ってみたいとそう思ったのがきっかけだった。

脩平はカメラにのめり込んだ。そうして写した風景が学生コンクールで入選したのだ。

そこからふつふつと他の世界を見てみたい欲が出てきた。ここだけではない、もっと他のすばらしい景色を写真という一枚の紙に収めてみたい。

それにはもっと技術をみがく必要があったし、広い世界に飛び出していきたくなったのだ。

「脩平さんの写真には愛があります」

蒼波が口にした言葉が意外で、え、と脩平は訊き返した。

「愛って」

「見せていただいた写真、全部脩平さんの愛が詰まっていました。あなたは本当にこの海を愛しているんだなって、わたしとってもうれしくなったんです」

昨日ようやく蒼波に毎朝撮った写真を見せたのだ。

「わたしが大好きなこの海を、この景色を、脩平さんが同じように見ているのだなって思ったら、とても……とてもうれしくなりました」

そう言って、蒼波はふわりと微笑む。

「それはさ……おれがそういう写真を撮れているんだとしたら、それは全部蒼波のおかげだと思う」

「わたし？」

「ああ。この前も言ったけど、心のどっかで仕事やめようか、って思っていたんだよな。でもおまえに写真を撮るのに好き以外のなにかが必要なのか、って言われて気がついた。なにを迷っていたんだろうって」

おまえの写真はつまらない、と悪し様に罵られたことをずっと引きずっていた。まだ心は折れていないと思っていたが、本当はぐんにゃりとねじ曲げられていたのだろう。

だから迷っていた。このまま小手先だけの技術で撮り続けていていいのか、それでいいのか……いや、それを考えることすら億劫《おっくう》になっていたのだと思う。

そんなさなか、今回の芳世の呼び出しがあったのだった。

こうして蒼波と出会って……心が解放され、改めて素直な気持ちでここの景色に触れたことで、ようやく脩平は本当の意味で自分の写真を撮れたのかもしれない。

「ありがとう。蒼波がいたから、おれはやっと本当の意味で自由になれた気がする。やっと素直にここに帰ってきてよかったって……」

蒼波のはにかんだ顔を見て、喉の奥から熱いものがせり上がる。

ちりりと疼《うず》く甘い感情にすべてを支配されて、いてもたってもいられなくなった。

「……おれ、蒼波が好きだ」

ぽろりと言葉がこぼれた。まるで思いの塊がこぼれ落ちるように——好きだ、好きだ。

神様に向かって告げるべきものではないのだと思う。けれど、蒼波ならその言葉も受け止めてくれると信じていた。

もちろん自分と同じ気持ちを返してくれとは思わないし、望まない。けれど自分が彼を好きだという気持ちは知っていてほしい。こんなにもおれはきみを愛しいと思っている、その気持ちだけが届けばいいと。

「わたしも、脩平さんが好きですよ」

脩平の告白を聞いて、蒼波がにっこりと返す。きっと彼は脩平が言った「好き」は好意の意味で「好き」だと受け止めているのかもしれない。

「あのね、蒼波、おれの好きはたぶん蒼波の好きとは違う気がする」

ちょっとせつなくなりながら、しかし、蒼波が自分に恋愛感情などないだろうというのは織り込み済みだから苦笑いする。

「そうなんですか？」

きょとんとした顔で問い返された。

「ん。おれの好きは、恋愛の意味での好き。あんたが愛しくてたまんないってこと。でも蒼波は違うだろう？」

くすくすと笑うと、蒼波は少し困ったような顔になる。

ほら、やっぱり、と脩平は肩を竦めた。

「そんな顔すんなよ。おれが勝手に思いをぶつけただけだから。もう忘れてくれ」

そう言って立ち上がろうとしたが、シャツがなにかに引っかかっているらしく引き攣るような感覚がある。ちらと見ると、蒼波が脩平のシャツの裾を摘まんで引いている。

「おい、どうしたんだ」

「……座ってください」

「おいおい、なんだってんだ?」

「逃げるなんて卑怯《ひきょう》です」

別に逃げたつもりはなく、ただいたたまれなくなっただけなのだが。しかしじっと上目遣いで見つめてくる蒼波に勝てるわけもなく「わかったよ」ともう一度座り直した。

「脩平さん」

「な、なんだよ。……だから失礼なこと言ってたら謝るから、そんな顔しないでくれよ」

「あの、脩平さんは、あなたの言う好きとわたしの言った好きは違うとおっしゃいました」

「あ、ああ。それが?」

変わらずじいっと見つめてくる蒼波に気圧《けお》されつつ、どもりながら脩平は返事をする。

「違います」

やっぱり違うんじゃねえか、と脩平が溜息をつきかけたときだった。

「違うっていうのは、あなたの考えているわたしの気持ちです。……わ、わたしだって、脩平さんのこと……胸がドキドキしたり……ずっと一緒にいたいって思ったり……それからその……抱きしめられたいって……」

終わりの方はか細い声になっていたが、蒼波はずっと脩平のシャツを握りしめたままで離そうとはしない。

「わたしの方があなたよりずっと……ずっと先に好きだったんですよ。はっ、初恋だったんですから……」

「は…………？」

今なにを聞いた？

初恋、と言ったように聞こえたが、果たして……？

「ごめん、もう一回言って」

ずい、と脩平は蒼波の方へ身を乗り出した。あまりに前のめりになりすぎて、今度は蒼波が後ずさる。

「だっ、だから……その……」

初恋だったんです、と消え入るような声をようやく捕まえる。

「初恋……おれに？」

蒼波は俯いて、顔を上げない。ちらりと見えたうなじは真っ赤に染まっていた。

「いつから……？」

「……あなたが小さい頃に会ったお話はしたでしょう？　それからずっとあなたのことが気になって、ときどきこっそり見に行って……。どんどん真っ直ぐに成長していって、すてきになって、それを見守るのがいつの間にか楽しみになっていて……」

長いこと生きてきて、誰かひとりのことを思い続けるのははじめてだった、と蒼波が言う。

――自分よりも短い命の者に思いを寄せることは無意味だとわかっていてなお、あの小さな勇敢な子がどんな青年になるのか見届けたい。

笑っているところを見てはほっとして、声が聞けたらうれしくなって――そんなふうにずっと見ていた。でも、やめようと思ったこともある、と彼はくしゃりと顔を歪めた。

制御しようと思ってもできず、他のどんな言葉でも言い表せない、せつないようなうれしいような気持ちで長いこと見つめていた、と語る彼はどんな人間よりも人間のようだと脩平はこのまま抱きしめてしまいたくなっていた。

「だからここにきてくださったのがうれしかった。……ずっと好きだったから、あなたの夢を叶えてあげたかったし、できることをしてあげたかった」

シャツを握った手が震えているらしく、その振動が微妙に脩平にも伝わってきた。

「じゃあ、あのとき宝珠を渡してくれたのって……」

こくりと蒼波が頷く。そういうことだったのだ、とようやく以前蒼波が宝珠を脩平に渡した真意を知る。

「好きです」

真っ直ぐに蒼波は脩平を見つめる。熱くて痛いその目に射貫かれて、心がぐずぐずに融《と》けていく。

もうダメだ、と脩平は思った。

脩平は蒼波に向かって手を伸ばす。

自分の思いはけっして行き場のないものだと思っていた。一方通行でそして永遠にぐるぐると蒼波のまわりを回り続けているのだと。だが、辿り着いてしまった。

目の前にいるのは人間ではないし、女性性を持っているわけでもない。なのにどうして好きかなんて知らない。ただ、好きなだけだ。どうしようもなく彼が。

ただ、好きなだけ。

「……ねえ、抱きしめていい？」

脩平の声も上擦っている。

「……はい」

そっと肩を抱いて、それから身体ごと抱きしめる。絹糸のような彼の髪の毛が鼻先にかかってくすぐったい。細い肩も、華奢な腰も、薄い背中も。

なにもかも愛おしい、そう思った。

どれだけ年を取ったとしても、恋のはじまりはいつも不安だ。

「キス、していいか」

「キスとは……その、接吻《せっぷん》のことですか」

「うん。おれはもっと蒼波に触れたい。手だけじゃ足りない、もっと他のところも」

蒼波は目を大きく見開いていた。深い青色の瞳が揺れる。

彼が小さく頷いたのを確認すると、脩平は蒼波の唇へ唇を重ねた。

ほんの少しひんやりとした彼の唇は柔らかい。

けれど蒼波の目はまだ大きく開けたままで、そして唇はぎゅっと結ばれている。脩平よりもずっとずっと、遥かに年上なのにこの反応はとても新鮮だ。

なんだかとても悪いことをしている気になってしまう。まるで幼い子を相手にしているみたいだ。

「まん丸い目も可愛いけど。蒼波、ちょっとおれの名前呼んでみて」

いったん唇を離し、脩平は蒼波の頬を両手で包み込む。

「え……？　しゅ……へ――」

脩平さん、と最後まで呼ばせぬまま、脩平は蒼波の唇をもう一度塞ぐ。深く唇を重ね、蒼波の唇をゆっくりと蕩《とろ》かした。

彼の上品な形の唇を吸って歪める。声を出させたときに開かせたすきまに舌をねじ込んだ。

逃げようとする蒼波の舌を追いかけて捕まえる。

「……ん……っ、……ぁ……」

蒼波の薄い舌に自分の舌を絡め、貪《むさぼ》る。上顎《うわあご》をくすぐり、舌のつけ根を舌でなぞると、蒼波の身体はぴくぴくと小刻みに震えた。

角度を変え、何度も貪るように口を吸う。

息継ぎのときに漏らされる吐息が、次第に甘い色のものになってきて、蒼波の表情も身体も融けだす。

「誰かとこういうこと、したことある？」

くったりと蒼波の身体の力が抜けきったところで唇を離し、乱れた蒼波の髪を梳《す》いてやる。

彼は恥ずかしそうに首を振り「脩平さんとがはじめてです」と消え入りそうなほどのか細い声でそう答えた。

「なあ、おれ、蒼波を食っちゃっていいかな」

この可愛い生き物を全部自分のものにしたい。どこもかしこも舐め尽くして、しゃぶって、嚙んでとろとろに融かしてやりたい。

どんな顔で喘《あえ》ぐのか、どんな声をあげるのか、どんなふうに乱れるのか、自分の五感すべてで蒼波を味わいたいという衝動がこみ上げる。

「食う……って、脩平さんはわたしを食べたいのですか？」

一瞬不安そうな顔を見せたが、すぐにきゅっと唇を引き締めてなにか覚悟したように続けた。

「そうですか。わたしを食べても……人魚ではないので不老不死になれませんが……脩平さんにならわたしでよければ脩平さんの贄となりましょう」

そこまで聞いて、脩平はプッと噴き出した。相変わらずとんちんかんなことを言う蒼波がやけに可愛くてたまらない。

「違う違う。食べるの意味がさ。そうじゃなくて」

「そうじゃないとは……？」

訝しげな顔をして蒼波は脩平をじっと見る。

脩平はとびきり甘い顔をつくって、それから耳元で囁《ささや》いた。

「あんたとまぐわいたい、ってこと。いい？」

「――――！」

ちょっとストレートすぎたか、と思ったが、これくらい直截的《ちょくせつてき》な言い方の方が蒼波にはいいのかもしれない。案の定、彼は顔を真っ赤にしていたが、脩平のシャツの裾を摑んで、こっくりと頷いた。

「好きだよ、蒼波。大好き」

応《こた》えてくれた蒼波を脩平は強く抱きしめる。頰ずりをして、顔中にキスの雨を降らせた。

「おいしそうだ」

ほんのり色づいた耳朶《じだ》をやわらかく食《は》む。きっとはじめての感触だったのだろう、蒼波は瞼をぎゅっと閉じた。

蒼波の耳朶を甘噛みしながら、手は彼の着物の合わせへと向かう。耳の奥に舌をこじ入れると、「あ」と蒼波が小さく声をあげた。その声を聞いて脩平は目を細める。

薄く開いた唇がひどくエロティックだと、脩平は思わず見とれてしまう。

「可愛い、蒼波」

可愛い、そう言って、脩平は合わせの合間から手を差し入れ、蒼波の身体に手のひらを滑らせた。しっとりと吸いつくような肌の感触に脩平は陶然となる。いつまでも撫で回していたいと思うような、官能的な触り心地だ。

脩平は胸へと手をすべらせる。やがて指先が彼の乳首に触れた。

本来、卵生の竜にはほ乳類の証である乳首はないはずだ。しかし人の形を保っているせいか、こんなところまで人と同じ形状を模している。

「乳首あるんだ」

脩平は蒼波の胸元を緩め、はだけさせた。

露《あらわ》になった胸の薄紅の乳暈《にゅううん》と小さな乳首が白い肌に映えてうつくしい。まるで滑らかな白磁器に絵つけされた桜の花びらのようだった。

思わず脩平はごくりと生唾を飲んだ。

これまで名だたる写真家が撮ったあらゆるうつくしいものを見てきたが、蒼波の素肌はなによりきれいでうつくしい。

「しゅ、脩平さんっ」

蒼波は慌てて着物をかき合わせようとしたが、「ダメ。見せて」と脩平はそれを許さず、彼の両方の手首を摑んで頭の上でひとまとめにした。

「恥ずかしいの？」

「……脩平さんは、意地悪だったんですね」

「違うよ。蒼波の全部を知りたいだけ」

言いながら、桜色をした乳首へ指を伸ばした。

その小さな突起にそっと触れる。

「あ……」

蒼波が思わずというように声を漏らす。

薄紅色の乳暈と白い肌の色の境目を指でなぞり、ときどき乳首を指で掠めるように触れると、甘い息を蒼波は吐いた。

そうして乳首を親指と人差し指で挟み、きゅっと摘まむ。ふにふにと何度か揉んでやると、徐々に芯《しん》を持ち出した。

「……あ……っ」

蒼波は背を反らせる。

「いい……？　ここ」

蒼波からは返事がない。ただ胸を突き出すように背を反らせるばかりだ。

「ん、ちょっと硬くなって、尖ってきた。ちっちゃい粒が、おっきくなってきたよ」

仰《の》け反《ぞ》った蒼波の喉に舌を這わせながら、さらに赤く色づき硬くなった乳首を指で愛撫した。刺激がもどかしいのか蒼波の腰がゆるゆると揺れだす。

「……ん……、……んっ」

鼻にかかった声が漏れ出ているのが恥ずかしいらしく、蒼波は顔を横へ背けようとした。が、脩平は先に口づけを与えてそれを許さない。

「ず、……るい、で……すっ」

とろんとした目で脩平を睨んでいるが、その目が自分を煽っていると彼は知っているだろうか。

「ずるくないよ。蒼波の方がずるい。おれの顔全然見てくれないだろ」

「そんなこと……ぁ、……あぁ……」

脩平の舌が蒼波の乳首ををちろちろと行き来させるたびに彼の身体は活《い》きのいい魚のようにぴくりと跳ねる。

「蒼波……」

しみひとつない皮膚に、自分の所有であるという印を刻みつける。この白い肌を、口づけだけで紅色に染めてやりたい。

脩平は性急に蒼波の着物の帯を解いた。

そうして襦袢《じゅばん》の紐《ひも》に手をかけようとして、腰のあたりに視線をやる。

すると股間《こかん》のあたりの生地が持ち上がり、そこだけうっすらと透けるように色を変えていた。

「感じちゃった？　やらしくなってる」

襦袢の生地ごと脩平はそこを口に含む。

薄い襦袢越しに、蒼波の形を唇で感じる。先のあたりを舌で突いてやると、じわりとさらに襦袢が濡れる。

「や……っ、そこ……っ」

いやいやをするように蒼波は首を振った。

それにかまわず脩平はじゅっ、じゅっと吸い、唾液《だえき》で襦袢が透けるまで舐《ねぶ》った。蒼波のものに貼りついた布が透けて、充血して赤くなった性器の形も色もはっきりと見える。布越しなだけに、なぜかとても卑猥に思えた。

蒼波はゆらゆら腰を揺らして、布越しに受ける感触のじれったさをやり過ごそうとしている。

「堪忍して……っ、も……」

蒼波が耐えきれないというように自らの手を陰茎へと伸ばす。

「ダメだよ。自分だけ気持ちよくなっちゃ」

脩平はその手を制する。

「で……っ、でも……っ」

蒼波の顔は今にも泣きそうだ。その表情に満足しながら脩平は襦袢の紐を解いた。

一糸まとわぬ姿となった、蒼波の身体を見てあまりの艶めかしさに脩平はくらくらとなる。

「きれいだ……」

かろうじて残っていた理性の糸がぷっつりと切れる音がした、と脩平は思った。

「蒼波、蒼波……っ」

矢庭に獣のように蒼波に覆い被さり、脩平は蒼波の身体を貪るように愛撫する。

手は蒼波の下肢へ這わせ、彼の可愛らしい陰嚢《いんのう》をやわやわと揉みしだく。桃色のつるりとした先っぽから溢《あふ》れてくる蜜《みつ》で濡れた茎をしごいてやると、蒼波の口から色めいた声が漏れた。

「あ……あ……ぁ……、ん……」

彼の陰茎は脩平の大きめの手に収まるくらいの大きさだが、きれいな形をしている。陰毛は元からないのか、つるりとして子どものようだ。成熟した大人の身体なのに、未熟さが残っているような、そのアンバランスさがよけいに淫《みだ》らに思える。

陰茎の先からとぷとぷと蜜をこぼしながら、悩ましく身悶《みもだ》える蒼波は淫靡《いんび》でうつくしい。

「あんたの味、どんなのか飲ませてくれ」

言うなり、脩平は愛撫の手を止めた。だがすぐさま体勢をずらし、蒼波の膝《ひざ》を割って、股間に顔を埋める。

「や、あ……っ……！　あっ！」

蒼波が脩平の頭を押し返す間もなく、脩平は陰茎に唇を寄せた。裏筋を舐め、舌と唇を使ってあますところなく愛撫する。口いっぱいに頬張って、じゅぽじゅぽと吸った。

「脩平さん……、しゅう……ぁ、あぁつ……」

蒼波の陰茎がぐんと質量を増し、内股が小刻みに震える。

脩平の名を呼ぼうとする口からは、荒い息がこぼれるばかりだ。

「やめ……っ……あぁ……っ」

快感に慣れていないのか、蒼波は脩平の頭を股間から引き剝がそうと躍起になる。

「ダメって言っただろ。あんたの飲みたい」

蒼波の抵抗は脩平を煽っているに過ぎない。さらに脩平はぴちゃぴちゃという水音をたてて先っぽを舐め回す。陰嚢をまさぐり、鈴口を舌先で突くように刺激を与えると蒼波は堪えきれずに甘く声をあげた。

「……うっ……ふ…っ、ぅ……んっ」

脩平の舌が根本から括《くび》れにかけて舐め上げる。先を吸い上げ軽く歯を立てると蒼波の身体はひくりと戦慄《わなな》いた。

「いっ、いけません。もう……もっ、出てしまいます……っ」

このままだと脩平の口の中に放ってしまうと、蒼波が泣きそうな声で訴える。

「いいよ。出しちまえ」

「な……ッ、──アァッ」

じゅっ、と先を吸った。すると呆気《あっけ》なく蒼波は脩平の口内へと白い蜜を放ち、脩平はそれを飲み干した。

「脩平さん……っ」

驚いたように蒼波は脩平の名を呼んだ。まさか脩平が吐精したものを飲んでしまうとは思わなかったのだろう。

脩平は唇についた精液まで、まるでもったいないとばかりに舌で舐め取りながらニッと笑う。

「あんたのはうまいな。とろとろで甘い」

「だからって……」

「今度はあんたにおれのをやるよ」

蒼波はなにをするつもりなのか、とばかりに脩平を上目遣いで睨めつけた。脩平は薄く笑って蒼波に小さくキスを与えた後、後ろの蕾《つぼみ》に唇を宛《あて》がった。

「……ひ……っ」

いきなりの刺激に蒼波は息を詰め、わずかに身じろいだ。脩平はその逃げる腰を捕まえ、蕾を丁寧に舐め解《ほぐ》す。

「やっ、……や、……なっ、……やめ……っ」

「あんたを傷つけたくないからな。我慢してくれよ」

手で再び蒼波の陰茎をゆるゆるとしごきながら、舌で後ろをこじ開ける。

「……っ……ぁ……ん」

射精したばかりで敏感な蒼波の身体はほんの少しの刺激でさえ、再び快感の回路を繋がらせてしまったようで、陰茎からとろとろと透明の蜜を溢れさせた。

茎を伝って蜜が会陰《えいん》から蕾へと滴り落ちる。唾液と蒼波の先走りの混じったものを舌で奥へと送り込む。

ぴちゃぴちゃというあからさまな音を聞いてか、蒼波は両手で顔を覆っていた。

時間をかけて襞《ひだ》の一本一本まで丁寧に舐め蕩かした後、脩平は指をつぷりと入れる。

「あ……っ」

異物感に怯んだように、蒼波が声をあげた。瞬間、後ろがきゅっと窄《すぼ》まる。まるで指を食まれているようだと思った。

「痛かった？」

蒼波はふるふると首を振った。彼の言葉を裏づけるように、中が脩平の指を誘い込むように蠢《うごめ》く。

「続けるよ」

脩平は蒼波の頬にやさしく口づけ、指がなんなく入っていくことを確認して、さらに奥まで進めた。

蒼波の中は体温が低いせいもあるのか、どことなくひんやりとしている。けれどけっして心地の悪いものではない。

やはり人間とは違うのだ、と脩平は思いながら神様に無体を働いている背徳感にゾクゾクとなる。

やめるのなら今だとわかってはいる。けれどもう止められなかった。

「あぁ……っ、あ、ぁ……んっ」

指を増やし、中をかき回す。するとある場所で蒼波が大きく声をあげた。

「ひっ……！　あぁっ、……ぁ……ぁ」

執拗《しつよう》にそこを弄《いじ》ると彼の身体はガクガクと震える。一度放っているのにも拘わらず蒼波の前はまたもパンパンに張り詰めていて、今にも破裂してしまいそうだった。

「気持ちいいか？」

ぐちゅぐちゅと卑猥な音を立てながら指を抜き差しする。快感を覚えた蒼波の内壁は、彼自身がどうにもできないというように、どろどろに融けて悦《よろこ》び、中をうねらせた。

「ん……っ、しゅうへ……さ……いい……っ……」

「もっと感じて……」

言いながら脩平の指を食いしめて可憐《かれん》に震えている蕾を見下ろす。

「こ……なの……はじめて――あぁっ！」

ひくひくと収縮しているそこから、脩平は指を引き抜いた。

いきなり抜かれて心もとなくなったのか、蒼波が不安げな顔で脩平を見つめる。

「大丈夫、あんたを気持ちよくさせたいだけだから」

脩平は蒼波の脚を抱え上げる。そうしてしがみついているようにと、蒼波に手を脩平の背中へ回すようにと言った。

「あんたをもらうから」

そう言うやいなや脩平は己の滾《たぎ》ったものを蒼波の蕾に宛がい、中をかき分けるように最奥まで突き立てた。

「――――ッ」

その刺激が過ぎたのか、蒼波は脩平の背に爪を立ててしまう。背中にピリ……と小さな痛みを感じた。

だがそれすらしあわせだった。

「蒼波の中、気持ちいい」

熱い息を伴った声で耳許に囁く。すると蒼波の中がきゅっと締まった。

繋がっている。

蒼波と繋がれたことがひどくうれしい。

蒼波が慣れるまで、脩平はじっと動かさずにいた。息を詰めた蒼波をなだめるように、頬を撫でる。

「大丈夫か?」

「はい……脩平さんがわたしの中にいるんですね」

「ああ。あんたの中におれがいるよ」

「うれしい……ひとつになるのがこんなにしあわせなんて……思いませんでした」

可愛いことを言う蒼波が愛しくて、脩平は口づけた。重なった唇からまた愛しさが広がり、その口づけは深くなる。

口の中の粘膜を絡み合わせ、後ろの粘膜も絡み合う。皮膚よりももっと薄い、より一層肉に近い部分だ。

「ここ、おれのもんだからね。誰にも触らせるなよ」

繋がった場所をぐるりとなぞり、蒼波をじっと見つめる。

「脩平さんだけです……脩平さんだけ……」

潤んだ上目遣いの蠱惑《こわくてき》的な表情で囁かれて脩平は歓喜に打ち震える。神様と交わるなんて罰当たりだと思っている。だがもうどんな罰だって彼のためなら受けられると脩平は思う。

やさしくて、お人好しの竜神様。

愛しい。愛しくてたまらない。

「……んっ」

と、そのとき突然蒼波が声を出したかと思うと真っ赤な顔になって、脩平さん、と睨まれる。

「蒼波？」

「……あの……中……大きくなっているような気が……」

「悪い。あんたが可愛いこと言うからついでかくなっちまった」

そう言うと、ますます蒼波は頬を染める。耳まで赤くなっていた。

「ごめんな。おれ蒼波のこと好きすぎて我慢できねえわ」

悪ぃ、そう言うと脩平はいきなり蒼波の腰を摑んだ。

「えっ⁉」

戸惑う蒼波をよそに脩平は彼の身体を揺すり上げた。

「ああっ……あっ……あっ……」

ゆさゆさと腰を揺するうちに徐々に蒼波のあげる声も甘く艶めきはじめた。脩平が奥を擦《こす》り、穿《うが》つと声をあげ、身も世もなく喘ぐ。

「あっ…いやぁっ……」

脩平のものが蒼波の敏感なところに当たるのか、奥を突くたびに蒼波は膝頭を跳ね上げ、快感から逃れようとしている。

「蒼波……っ、好きだ……っ」

自分の気持ちをぶつけるように、蒼波に腰を深く打ちつける。

蒼波が快感に濡れた声をあげた。脩平の背に回している腕の、その二の腕の内側や、首筋や鎖骨を吸い上げて脩平は赤い痕《あと》をつけた。

「ん、……っ、や、……奥、奥、……っ」

「奥？　……ここ？」

わざとポイントをずらして脩平が奥を突くと、蒼波がかぶりを振り、甘ったるい声で否定する。

「ちが……っ――アッ」

蒼波が声を出す合間に脩平が唇で乳首を捏《こ》ね回して吸い上げる。尖った乳首を舌で突きながら、腰を入れると、蒼波の腰が悶えて大きくうねった。

「じゃ、ここ？　ちゃんといいところ教えて……蒼波の気持ちいいとこ」

喘ぐ蒼波の唇に指を這わせると、蒼波は脩平の指に舌を絡めてそれすら貪ろうとする。そこに不意を打って、脩平は深く奥を穿った。

「あっ、あっ、……あ……っ……そこ、そこ、いい……ッ、あた、……って……アアッ」

「ここが、いい？」

ぐりっと脩平が腰をねじ入れた。

「……ん、ア……、ァツ……あ……っ、い、いっ……」

快感に喘ぐ蒼波を、もっと泣かせて縋《すが》らせてみたいという凶暴な衝動がむくむくと頭を擡げる。感じるところを容赦なく穿ちながら、口で乳首を弄り、そして透明な汁をこぼし続けている蒼波の陰茎をさすりだす。

「あ、あぁっ、んぁ…っ……い、いい……っ、あ、もうっ……」

蒼波の後ろを突き上げるぐちゅぐちゅいう音と、陰茎を弄っているぬちゅぬちゅという両方の濡れた音が重なる。ひどく淫猥な音に、頭の中が逆上《のぼ》せ上がり蒼波の中で質量を増す。

「あ、……っ、いっ、あ……熱っ……おっき……っ、なか……擦れて……、っ」

蒼波がとてもいやらしい顔をして、いやらしい言葉を吐きながら、いやらしく腰を振る。その姿に情けないほど心臓を高鳴らせ、興奮し、そして中が泡立つくらいにかき回して抉《えぐ》った。

「ぐちゅぐちゅいってる……すごいね、蒼波。気持ちいい……？　ここもびしょびしょだ」

ひっきりなしに透明な蜜をこぼし続ける蒼波の濃い紅色に染まった亀頭を指でくるくると撫でた。

「ひ……っ、……――ッ！」

刺激が過ぎるのか蒼波は目を見開いて、嬌声《きょうせい》をあげる。開けた蒼波の口に脩平は舌を差し入れ、口内も激しく犯した。

「あっ、あぁっ、ンッ、……んッ……っ、い、やっ、もっ、……も、堪忍して……っ」

蒼波も仰け反らせ、喉を晒《さら》して「堪忍して」と悲鳴のような喘ぎを漏らす。快楽に眉根を寄せて、脩平にしがみついて、腰を揺らして脩平を締めつけた。

「蒼波、蒼波」

耳朶を食み、蒼波の名を呼び、かき混ぜて繋がっているところを融かす。脚を抱え直し、肩に担ぎ上げ、上から串刺《くしざ》しにするように奥を突いた。蒼波の足先が緊張に震えだす。

「……い、いく、……っ、もぉ、……いく、いってしまいます……ッ」

「……出して、いくところを見せて。おれもいくよ」

中をひくひくと蠢かし快感に溺れていく蒼波の痴態に連動して、脩平も高みに追いやられた。ひどい興奮に腰を叩きつける動きが止まらない。

「出すよ、蒼波の中にいっぱい」

身体をくねらせ、身も世もなく喘いで、泣きながら呂律《ろれつ》の回らない口で淫らな言葉を紡ぎ続ける蒼波はひどくうつくしかった。

「脩平さんの？」

「ああ。おれのをあんたの中に出すんだ」

「ください……、脩平さん……ほし……」

「いくよ——蒼波」

がくがくと引き攣らせている蒼波の身体を激しく揺さぶった。

「脩平さ……っ」

ほどなく脩平の背に指を食い込ませ、もう出なくなってしまった声を絞り上げる。

「あぁ——っ！」

つま先に緊張を走らせ、胸を震わせて蒼波が白い蜜を吐き出した。それにつられるように脩平が蒼波の中にたっぷりとその熱いものを注ぐ。

「あぁ……ぁ……わたしの中に脩平さんの……出て……っ」

うっとりとした顔をして蒼波が唇をだらしなく開く。きれいな彼の卑猥な顔にどうしようもなく欲情してしまう。

「……あ……ん……まだ……出てる……っ」

あられもない言葉を吐いて蒼波が貪欲に腰をくねらせた。脩平の最後の一滴まで搾り出すように内壁が絡みついてくる。

「……く……っ……」

きりがない。

そう思いながら、我を忘れて再び硬さを取り戻したもので脩平は蒼波を貪り続けた。

「ごめんな……抑えがきかなくて」

脩平は乱れきった蒼波の髪の毛を梳いてやる。

いくら神様とはいえ、力が弱くなっている彼に無体を強いた自覚はある。

蒼波は強く唇を噛んだのか、いつもよりも赤く染まっている。目尻には涙の跡があって、どれだけひどいことをしたのかと脩平は反省した。

なのに蒼波はそんな脩平の頰に手を伸ばし、ふわりと笑う。

「謝らないでください。その……わたしも……」

気持ちよかったので、と語尾はほんの微《かす》かな声になりながら、顔を真っ赤にして呟くように言う。

それがまた愛しくて脩平は蒼波をかき抱いた。

「好きだ、蒼波。あんたが神様だってなんだって、おれはあんたのことを愛してる」

何度囁いたか知れない愛の言葉を蒼波に伝える。

「わたしもです。わたしも……。誰かを好きになるというのはこんなにも幸せなものなのですね」

「そうだな」

心を通じ合わせた営みは歓喜そのものだ。心ごと持っていかれるような快楽の渦に巻き込まれ、我を忘れる。身体が融け合ってひとつになる、という感覚はまさしくはじめてのものだった。

抱き合って、また身体を重ねる。

上下させる胸から、互いの心臓の音が寄り添っているように聞こえた。

「……ん？」

脩平は蒼波の身体にあるものを見て、目を瞬かせた。

行為の最中、脩平は蒼波の身体中にさんざんキスマークをつけた。自分でもやりすぎたかもと思っていたが、その鬱血の痕がすうっと薄くなって消えていく。

そうしてしみひとつない元の白い皮膚に戻っていった。

鬱血、というのは要するに内出血だ。それが消えるというのは内出血が治癒していることになる。

脩平は鬱血があった場所を指でなぞった。

「せっかくおれのもんだって印つけたのに、あっという間に消えちまった。さすが竜神様だな。傷やなんかはすぐ治っちまうんだ」

感心したように言った脩平の言葉を聞くなり蒼波はぱっと両手で顔を覆った。

「ん？　どうした？」

蒼波の手のひらの下から見え隠れしている彼の顔はひどく赤い。おまけに耳まで赤くしている。

なにか変なことでも言っただろうか。

「いっ、いえっ、別に……！」

別に、と言う割にはやけにもじもじとしている。顔は隠したままだし、けれど裸のままで隠すところが違うような気がしないではない。

「なに恥ずかしがってんの。そんなに顔を赤くして、別に、って言われても説得力もなにもないけど」

なあ、と脩平は蒼波の手をはずした。

「あーおーなーみ。言ってくれよ。おれはあんたのことなんでも知りたい」

真摯《しんし》な目で告げると、蒼波は観念したようにおずおずと上目遣いで脩平を見た。

「その……わたし……治癒力が増しているみたいで……」

「ちゆりょく……ああ、病気とか傷とか治すってこと?」

「はい……。これまでも治癒力はあるにはあったのですが、近頃は力もなくなってきたので、治るまでにそれなりに時間がかかっていたのです……。最近はあの温泉に入らないとなかなか治りも悪くて」

「うん」

「ですから痣《あざ》なんかができても、治るまでに数時間はかかっていたのですけれど……」

「けれど?」

脩平が訊き返すと、蒼波は声を潜め、聞き取れるか聞き取れないかくらいのか細い声でこう言った。

「脩平さんの……その……子種をわたしに注いでくださったので……力が少し戻ったというか……精気をいただけたというか」

そこまで口にして蒼波はくるりと脩平に背を向けてしまう。脩平が身体を起こしてそっと覗き込むとやっぱり耳まで真っ赤なままだった。よほど恥ずかしいらしい。

なるほど、と脩平は相好を崩した。

「ふうん。そっか。おれとのセックスであんたは力が増すんだな。じゃあ、セックスしたらするだけあんたは元気になるってことだ。しかも中出しで」

「……たっ、たぶん……」

顔を両手で覆っているせいで、蒼波の声はもごもごとくぐもっている。

「考えてみればそうだよな。セックスってのはさ、最高に心を通じ合わせる手段だもんな」

そもそも蒼波の力の根幹は信仰心にある。誰かが蒼波を信じ、好いてくれなければ彼の力はなくなってしまう。好きだという気持ちに比例して力の度合いが強くなるなら、好きな人とのセックスはより一層彼のエネルギーとなるだろう。

「……わたしの中に脩平さんの子種をいただいて、その分少し力が戻っているんだと思います……」

恥じらって上擦っている上、ぼそぼそと聞き取りにくい小さな声を聞いて、脩平は顔が勝手にニヤニヤするのを抑えきれなかった。

蒼波の中にたっぷりと放った精液が彼を元気にするとあって、俄然やる気が湧いてくる。

「そんじゃ、もっと元気になろっか」

そっぽを向いている蒼波の耳元でそう囁き、やわらかな耳朶をそっと噛んでやる。

「あっ…………」

ビクン、と跳ねた蒼波の身体を押さえるように、脩平はゆっくりと覆い被さった。

7.

愛し愛されると、肌つやがよくなるというのはよく言われていることだが、まさかそれが比喩的表現ではなく客観的に見ても明らかに違うものだとは思わなかった。

「脩平、おまえやけに顔色いいな」

いつものように食料を調達しようと自宅に戻ったときに、門の前で良造に出くわした。

「あー、そうっすか？　まあ、こっちは魚がうまいですからね。東京じゃ食えないもんも食えるし」

「ふうん、そういうもんかね」

「そういうもんです」

蒼波との充実した愛の営みのおかげだ、とも言えず、笑ってごまかす。

「それはそうと、この間おまえがやけに美人な外国人を連れてたのを見かけたんだが、いつの間にあんな子引っかけたんだ？」

にやにやと下卑た笑いを浮かべながら良造が訊く。

「美人の外国人……ああ」

いつ見かけたのかは知らないが、良造が言うのはおそらく蒼波のことだ。白い肌に青い目で銀髪となると一見ヨーロッパ圏の人に思えるかもしれない。

「和服なんか着せて、おまえも隅に置けないな。ああ、そうか。東京のモデルかタレントなんだろ？　そうなんだろ？　そっか、そっか。おまえを追っかけてきたんだな」

この色男、と良造がまたニタリと笑う。

違うと否定しようものなら、その後が大変だ。本当のことを説明しても信じてもらえないだろうし、元々良造に説明する気もない。

「あー……まあ」

ここはごまかすことに徹するべきだ。

「おまえもあんなきれいな恋人を東京に残していつまでもこんなとこにいていいのか？　こっちにきてもう半月も経ってるだろう。それに仕事はいいのか」

じろりと睨まれる。

「あはは、まあ、そうですね」

仕事は……と思い出さないようにしていたが、良造の言うとおりいくらなんでもほったらかしすぎた。このままでは細々とあった仕事すら失ってしまう。

しかし――。

脩平は迷っていた。仕事はしたい。そしていつか夢を叶えたいという気持ちはまだ持ち続けている。

が、ずっとここに——蒼波の傍にいたいという気持ちが脩平の中で大きくなりはじめている。

「東京に戻った方がおまえのためだ。こんな狭いとこにいちゃいかん」

一見、脩平を慮《おもんぱか》っているように思えるものの、そのふてぶてしい口調が真意は別のところにあると告げている。

「はあ……」

いいな、と良造は脩平の肩を叩いて立ち去ってしまう。良造を見送りながら脩平はどこか引っかかるものを覚えて首を傾げた。

「仕事か……」

帰省してからというもの、ほとんどスマホに触っていない。ほとんどというか、一度も触っていない。

例の神事のごたごたやなんかですっかり仕事のことなんか忘れ去ってしまっていた。

二週間も放っておけばバッテリーも切れているだろう。荷物の奥にしまったままメールチェックもせずにいたし、一度立ち上げた方がいいかもしれない。なにか連絡が入っていたらことだ。

脩平は急いで家の中に入ると、荷物の中からスマホを取り出す。案の定電源は落ちており、すぐに充電器を引っ張り出した。

コンセントに繋いだ充電器にスマホを接続して数分。ようやく立ち上げて確認すると、メールも不在着信もいくつもあって、苦笑いしながらすべてチェックした。

さいわい急ぎの用件はなかったが、数日中には東京へ戻らないといけないなと脩平は溜息をつく。

恋に浮かれて現実を忘れていた。

「どうするかな……」

蒼波を東京に連れていくことはできない。彼はこの海の守り神で離れるなど不可能だ。

だが、自分だって蒼波と離れられない。とても傲慢な考え方だとわかってはいるが、彼をもうひとりにしたくなかった。

いずれにしても残された時間はわずかだ。真剣に今後を考えないといけない。

「遠距離恋愛？　……うーん……そういうことになるんだろうな」

東京に脩平が戻ってしまったら、蒼波を連れていけない以上恋愛を続けるには脩平自身がここへ通い続けることになる。

ただ、普通の恋人たちと、自分たちとは大きく違う。相手は神様だ。

「あいつにスマホでも持たせるとか？」

手に持ったスマホを眺めて呟いてはみたが、神様にスマホとはどうなのか。ついでに言うと、あの島に電気は通っていない。充電すら無理な話だ。

「論外だ……」

現実味のない想像をして、へこむ。

人間ではない、竜神様に懸想したあげく、身体を重ねて色恋に溺れた、いや溺れているという現在進行形……なんて誰にも言えない。

だが、自分にとって蒼波は大事な存在で、いつまでも大事にしてやりたいと思える唯一なのだ。

「あーー！　もう！　なんかいい方法ねえかなーっ！」

髪の毛をガシガシとかきむしり、うわーっ、と大声をあげる。いまさらながら、蒼波と自分との恋愛を続けていくためのハードルの高さを思い知った。

「…………ん？」

うんうん唸《うな》ってあれこれ考えていると、ふと、耳が微かな音を捉える。

「なんの音だ……？」

バラバラと遠くで聞こえる音はとても耳障りだ。このあたりは普段から騒音とは無縁だから、よけいに違和感を覚え、不快な気持ちにさせられる。

音は断続的に聞こえており、やむ気配もない。

「飛行機……ヘリ……？」

近くでなにか事件でもあったのだろうか。よく事件や事故があると報道や救助のヘリが飛ぶ。

脩平は手に持っていたスマホでニュースを検索してみたが、事件や事故などの情報は得られなかった。

「妙だな」

眉を顰めて、窓から首を出し外を眺める。

あたりに変わったことはなく、見た目だけはいつもとそう変わらない。

しかし、やけに嫌な予感がした。

バラバラという音は海の方から聞こえてくる。脩平が今いる部屋からは海の方角は見えない。

「海……？」

部屋を飛び出し、確認のために外へ向かおうとして立ち止まった。

近頃変わったことがあったといえば、そうだ。

スーツの男に作業着の男たち、そして良造。

今の今まで思い出すこともなかったが、あの男たちは一体なんだったのだろう。

「念のためじいさんに訊いてみるか」

充電が完全ではないスマホを引っ掴むと、脩平は立ち上がる。

「しまった、これもだ」

いつも携行しているカメラ。これはデジタルだからあのとき写した画像が残っている。それも合わせて手にし、芳世のもとへ急いだ。


「知らんな」

先日見た、男たちの話をすると芳世は知らないと首を振った。

例の画像を見せても知らないの一点張りだ。

カメラの小さなモニターディスプレイでは年寄りにはかなりわかりにくいとは思うが、心当たりがあればわかるだろう。

なのに芳世は首を振った。

本当に知らないのか、それとも知らない振りをしているのか。

なにせ年季の入った狸《たぬき》じじいだ。脩平ごときにはまったく顔色が読めない。

「心当たり、ないわけ？　全然？」

「ない」

芳世はぎろりと脩平を睨みつけるように見据えると短く返答する。

「そっか……じいさんが知らないってのもおかしな話だよな。あいつらやけに大がかりな機械持ってきてたし……」

ちら、と芳世の様子を窺うと、芳世は目を瞑ってなにやら考え込んでいるふうを見せている。

「なあ、じいさん。ホントはなんか知ってることあんじゃゃねえの」

「……………金鉱山か」

渋面を作りぼそりと独り言のように芳世は呟く。

「金鉱山？　なによ、それ」

「なんでもない」

「なんでもなくないだろうが。心当たりやっぱりあんだろ」

訊ねてみたが、芳世は黙りこくってしまった。

「おい、じいさん」

呼んでみたがまるで返答がない。

「じいさんって」

もう一度呼びながら、芳世の顔を覗き込むと、いつから眠っていたのか、すーすーと寝息を立てていた。

「マジか……寝るとかあり得ねえだろ……くっそ」

これだから年寄りは、と思いつつ芳世の身体に傍にあったカーディガンを羽織らせて、部屋を出る。

「脩平」

そろそろ潮が満ちてくるからと、脩平が家を出ようとすると父に声をかけられた。

「父さん」

なに、と振り返る。

「今日もあの島に行くのか」

「ん？　ああ」

「たまには家でご飯でも食べていかないか。東京に帰る前に少しくらいつき合え」

父の顔はどことなくさみしげで、前に芳世から言われたことを思い出す。

——おまえが姿を見せないもんだから、さみしがっている。

「……わかった。そうするよ」

常々蒼波にもそれは口うるさく言われていた。

『脩平さんはご両親のところにいらっしゃらなくていいのですか』

脩平としては両親より蒼波と一緒にいる方が楽しいのだが、まったく一緒にいないというのも親不孝というものだろう。

（夜の干潮に戻ればいいいか）

今日一日くらいは、この家で過ごすのもいいかもしれない。

本当の意味での家族団らんというのは、本当に久しぶりだった。

この前は親戚が集まって宴会のような食事だったし、家族だけでの食事は脩平が上京して以来はじめてのことだ。

食卓には脩平の好物ばかりがずらりと並んでいて、ずっと無視するように家に寄りつかなかったのをいささか後ろめたく思う。

「あら、お酒なくなりそうね」

母親が「お燗つけてきますね」と言って席をはずす。

テーブルには脩平と父のふたりきりだ。酒のアテのたこわさやあさりの酒蒸しをつつきながら、ぽつぽつと島でのことを話し、ぐい飲みを傾ける。

あさりは大ぶりで味もしっかりとあり、歯ごたえもいい。このあたりの海が栄養豊富な水質であることを窺わせるものだった。

「それでお社の修復は終わったのか」

父に訊かれた。

「ああ。修復っつっても雨漏りや、壁の穴を塞いだだけのもんだから。この前じいさんにも言ったんだけどさ、ちゃんと建て替えてほしいんだよな。本当は」

「随分な熱の入れようだな」

「だって、おれ会っちまったしさ。竜神様に。いくら祟りがないって言っても蔑《ないがし》ろになんかできねえだろ」

今でもその竜神様本人と会っているどころか、毎日彼と抱き合っているなんて口が裂けても言えない。

蒼波には「力を取り戻すため」と言いくるめているものの、その実彼に溺れているだけだ。

「そうだな。あやうくおまえは竜神様に捧げられるところだったし……」

そこまで言うと父は脩平に「すまなかった」と深く頭を下げた。

「な、なんで頭なんか下げてんだよ」

脩平は驚くと同時に顔を曇らせた。

いまさら、という気持ちが不意に湧き起こる。

我が子が生け贄に捧げられるというのに彼らは見て見ない振りをした。それを脩平に謝罪しているのだとはすぐにわかったが、なぜいまさらという気持ちと、そしてだったらなぜあのとき一言も声をかけなかったのだ、という気持ちがいっしょくたになって訪れた。

あのときには脩平自身、自ら贄になるときっぱりした思いではいたが、心の底では両親からの抗議の声があがらなかったことについて、ずっともやもやとしていた。

やはり我が子よりも家が大事なのだ。それを強く実感してしまったからだった。しきたりに従うべき、というのは理解はできるがあれでは肉親から見捨てられたと感じても仕方ない。だだを捏ねるほど子どもでもないし、自ら進んで選択したことだったから、両親に反対されても贄にはなるつもりではいたが、それとこれとは違う。

今、こうしてわだかまりを覚えずに食事を一緒にしているが、それはすべて蒼波のおかげだと思っている。

まず彼が贄というものを必要としないということはもちろんあるが、けっしてそれだけではない。

彼が常々から脩平の家族のことを気にしてくれたからだ。

正直なところ彼がいなかったら、あれからすぐにでもここを離れていたはずだ。

蒼波が蒼波でなければ、ここに半月も残りたいとは思わなかったに違いない。

「……まさかおまえがあのとき贄になると言い出すとは思わなかったんだ」

ぽつりと呟くように言った。

「あんなバカげたことを本気でやると思っていなかったし……実際見くびっていた。この現代で時代錯誤な儀式をやるわけがない、そう思っていたんだ。いまだに全然ここのことをわかっていなかった……そうだな、だからいまだによそ者と言われるんだろう」

ははは、と乾いた笑いを漏らす。

後悔ややりきれない思いがその声の中に色濃く滲んでいるように聞こえた。

そこで脩平は父が本当に戸惑っていたのだとようやく理解できた。

ここは――例えて言うなら外国と同じようなものだ。日本であって日本ではない。文化の違いはいくら勉強しても、そして何度か訪れた場所であっても真の意味で理解することができない。そこに暮らしてはじめて……その文化に肌で触れてはじめて理解できることもあるし、また何年暮らしていても理解できないことだってたくさんあるだろう。

父はかつて高校の教師だった。

そこで母と出会ったのだが、父自身はこのあたりの出身ではなく、遠く離れた場所で生まれ育ったと聞いた。

母と結婚することで、実家とは縁を切ったらしく、だから脩平は父の親兄弟のことは一切知らない。

父も孤立無援だった。

父だってたぶん精一杯だった。まわりの顔色を窺い、馴染《なじ》むために必死だった。あの日だって葛藤しなかったわけではないのだろう。ただこれまでここで過ごしてきたことで、父は揺れていたのだろうし、抗《あらが》う勇気も足りなかった。自分がどう行動すべきか、父には判断ができなくなっていたのだ。

父のこの謝罪する姿を目にして、脩平は父や母を責める気にはもうなれなかった。

改めて見ると、父の肩がとても小さいことに気づいた。あんなに小さかっただろうか。

いや、自分がずっと見ていなかっただけだ、と脩平はぎゅっと目を瞑る。そしてすぐに目を開けて笑顔を作った。

「謝らなくていいって」

脩平は「頭上げてよ、父さん」と声をかけた。

「もう、いいよ。おれはこうして生きているしさ、それにこうやって父さんと酒飲んでるし。それでいいじゃん。おれ、今回帰ってきてよかったよ、いろいろあったけど」

幼い頃のように無条件に父を好きでいることはなくなってしまったし、一度は自分も心を閉ざした。が、今は父という人を見直そうという気持ちになっている。

飲もう、と銚子に残っていた酒を父のぐい飲みに注いだ。

「脩平……」

「ほらほら、飲もうって。はい、乾杯」

「ああ……乾杯」

笑顔になった父の目尻に光るものを見つける。

これまで溜め込んできたもやもやしたものがこの酒で洗い流せたような気がする、と脩平はごくりと酒を飲み干した。

「そういやさ」

脩平は気になっていた例の良造のことを父にも訊いてみることにした。

芳世は「金鉱山」と一言口にしただけで黙りこくってしまい、埒《らち》があかなかったので知っていることがあればと思ったのだ。

「芳世さんは、金鉱山、って言ったんだな？」

「うん。それだけ言って寝ちまってさ、あり得なくない？」

まったく、と脩平が愚痴るように同意を求めると、父は難しい顔をしてなにか考え込んでいた。

「父さん？」

「いや……これは言い伝えみたいなもんだから確かなことは言えないんだが」

ひとつひとつ言葉を選ぶように父が脩平に話す。

「実は、あのお社のある島の地下に金の鉱脈があるらしいと言われているんだ」

「へ？　金？　金、ってあの延べ棒とかの金ってこと？」

初耳だ、と脩平は父の顔を見返す。

「ああ。竜神様の島だから誰も手をつけようとはしなかったらしいが……。祟りが怖かったしな……」

「なるほどね」

「おまえもこの前見ただろう？　芳世さんが持っていた古い書物。あの中に金銀財宝の眠る海があると記載があるんだ。特に、祠の下に大きな金の山があると」

古めかしい上みみずの這ったような文字が羅列しているだけのあの中にそんなことが書かれていたのか。

「あんな古文書、裏づけがない以上は妥当性があるとも思えなかったから、信じてはいなかったんだが」

「まあ、そうだよな。どっかの埋蔵金レベルの都市伝説だもんな」

「お義父《とう》さんが金と言ったのなら、そのくらいしか思い当たることがないな。わたしはここが珊瑚や瑪瑙の採れる場所だから、古文書に書かれていたのはそのことかと思っていたんだが」

珊瑚や瑪瑙というのは『七宝』であり、とりわけ仏教においては貴重とされるものである。よく昔話に宝の描写が出てくるが、それらは珊瑚に瑪瑙、それから瑠璃《るり》などを指していることが多い。

「それだけでなくて、金もあったってことか」

「良造さんは昔からあの古文書に興味があったみたいだったから……」

ふうんと脩平は相槌を打つ。そしてそこではたと気づいた。

あのスーツと作業着の男たちはもしかしたら金鉱脈と関係があるのかもしれない。

穿った考えだが、良造がしきりに東京へ帰れと急かしたのはそのせいか。

海渡の家では正式な跡継ぎと呼べる存在は脩平ひとりだ。これまでは祖父の芳世が海渡の家をすべて仕切っていたが、病に伏してからというものはその勢いも衰えている。殊にこの一、二年は床についている方が多いらしい。

今ならば芳世にとやかく言われず好き放題にできると良造が思ったとしたら。

ただ、脩平がここにいるのは邪魔だと思ったのだろう。父ならば言いくるめる自信があったのだ。そして脩平も追いやってしまえば後はなんとでもなる。

時期的なものもあるだろう。

珊瑚の産卵時期は夏だ。その時期に海に影響を与えることはそれで生計を立てている海渡の一族にとっては避けたい。

だとしたら春のうちになにか手を打っておきたいと考えたのだろう。

「あのさ、さっきじいさんには一応言っておいたけど、父さんも気をつけておいてくんないか。なんかあんまりいい予感しないんだよな」

「そうだな。……わたしもいつまでもよそ者と引け目を感じていてもよくないとわかった。これからはおまえが安心して東京で仕事ができるようになんとか頑張るよ」

頼もしい言葉を聞いて、脩平はようやく父と心を通じ合わせることができた、と胸の奥がほんのりと温かくなる。

父の目尻に涙らしきものが浮いているのを見て、思わず脩平ももらい泣きしそうになった。

いい月明かりだ、と脩平は引き潮になってできた島への道を辿りながらゆっくりと空を見上げて歩く。

あまりに月が眩《まぶ》しいせいか、星はあまりよく見えない。それでもきらきらと瞬く星々は夜の空を華麗に彩る。

「ただいま」

社の扉を開けて、脩平はそこにいるだろう蒼波に声をかけた。

ナチュラルに「ただいま」と口にして、すっかり自分はここをホームグラウンドにしたのだなと小さく笑みをこぼす。

社の板の間には蒼波が竜の姿で寝そべっていた。

近頃蒼波はこうして本当の姿となっていることが多い。

「無防備すぎだろ。可愛いけど」

脩平はその姿を見てクスクス笑う。

彼はすーすーと寝息を立てて、時折ピクピクと胴体を動かし、ぐっすり眠っていた。

以前、「人間の姿の方が楽だから」と言って人型をずっと取っていたが、あれはおそらく

れていたのだ。

脩平に気を遣ってのことだったのだろう。

小さくとも竜は竜である。人間の脩平が恐れを抱かないよう、できるだけ人型で接してく

本当は人型になるのも相当の力を使うのだろうに。

けれどようやく、リラックスしているときには竜に戻るようになった。それは脩平に対して心を許してくれているみたいでとてもうれしい。

相変わらずミニサイズの竜だけれども、しかしこのところ少しずつ大きさが変わってきている。一番はじめに会ったときよりは身の丈が二〇センチくらい大きくなった。それに鱗の輝きも増して、この暗闇《くらやみ》でもほわんとほの明るい光を放っている。

(少しは力戻ってんのかな。だといいな)

脩平の一番好きなお腹《なか》のあたりのしっとりした鱗をすうっと撫でた。

――そういえばこの前。

逆鱗《げきりん》に触れるっていうけれど、本当にここに触ったら、おれ殺されちゃうわけ？　と蒼波が竜になっているときに、彼の顎の下に一枚だけ逆さに生えている鱗を指さして訊いた。

「そんなに嫌なわけ？」

『まあ……そうですね。嫌っていうか……弱いっていうか……』

やけにもじもじとしながら答えている。

ぱっと見て、ふいに背中をむけた蒼波の背びれをなぞりながら脩平はさらに訊いた。

「ん？」

『いいじゃないですか、そんなこと』

ぷいとごまかすように背中を向けた蒼波のその背びれをなぞりながら脩平はさらに訊いた。
背びれもどうやらくすぐったいらしい。尻尾《しっぽ》をパタパタさせながら身体をくねらせている。

「や、だって、うっかり触っちまうこともあるかもだし、ぶっちゃけどんな感じなのかなって。今後のために」

『くっ、くすぐったいです。やめてくださいって』

「じゃあ教えて」

背びれを軽く指で弾いた。すると、ひゃあ、という声があがる。

『……それぞれだと思いますが、あの、わたしは……その』

「なに？」

蒼波の顔が真っ赤になっている。その反応ににやりとした。たぶん、その逆鱗とやらは、この背びれを触った以上に感じる場所なんだろう。

「ちょっと触ってもいい？」

『ちょ、ちょっとだけでしたら』

ぎゅっと目を瞑って、蒼波は喉をさらけ出す。

一枚だけ逆さになっている鱗を脩平は指でそっと触れた。

ん、と甘い声が彼の口から漏れる。

「もしかして、めっちゃ感じる場所なわけ」

脩平が言うと、恥ずかしそうに顔を背けてそれきり黙ってしまった。

「蒼波は人型でも竜でもどっちでも可愛いね」

『…………』

「好きだよ」

背中から抱きしめると、尻尾を絡ませてくれた。その仕草が彼らしくて愛おしく、いつまでも抱きしめていた。

(うん、あれは可愛かった)

今の脩平は目尻は下がっているし、鼻の下は伸び放題だし、人から見たらおそらくものすごくだらしない顔をしているのだと思う。

(でも、しょうがない)

これまでの恋人には好きだの可愛いだのストレートに言うことなんかめったになかったが、蒼波に対してはやたらと言いたくなる。これはもう、かなり恋の病も重症なんだろう。

「ただいま、蒼波」

耳元でそっと囁くと、蒼波の尻尾がびくんと跳ねた。

『わっ』

ぱっと目を覚まして身体をうねらせる。

「な、なんですか、いきなり」

蒼波が途端に人型になって起き上がった。

だが、半分寝ぼけているのか、それとも安心しきっているからなのか、戻りたてで、素っ裸である。

「あっ！」

いつも着ている着物は傍に投げ出されており、それを着るのを忘れている。

「悪《わり》ぃ、その格好、ご褒美っつか……目の毒なんだけどな」

「おれはいいんだけどね。どうせならそのまま押し倒したいくらいだけど」

蒼波はものすごい早さで床に広がっている着物を掴み取ると背を向けて慌てて着込む。

「脩平さん！」

じろりと蒼波に睨まれる。

「改めて、ただいま。すっかり遅くなっちまった」

「なにを言っているんですか。脩平さんのおうちはあちらでしょう？　ただいまと言うならあちらのおうちに。それに別にわざわざお戻りにならなくてもよかったのに」

「そんなつれないこと言うなよ。あんたに会いたくて戻ってきたのに」

脩平は蒼波の傍へ歩み寄ると、彼の手を引いて、身体を引き寄せた。

「それとも戻ってこない方がよかった？」

訊くと、蒼波は俯いて首を振った。

「……いいえ。でも、脩平さんのおうちは向こうなのですから——」

それ以上を蒼波に言わせず、彼の残りの言葉をキスで塞いだ。

「……ふ、……んぅ……んんっ……」

舌を蒼波の口内へ差し入れると自然と迎え入れてくれる。口の中を明け渡した蒼波の中を余すところなく舌で、唇で愛撫し、自分の唾液を絡めてやる。まだおずおずとしか応えてくれない彼の舌を存分に吸った。

唇を離したときには、彼の目はとろんと蕩けていて、欲情しているようだった。


「……は……ぁ……」

溜息のような蒼波の声が脩平の鼓膜を震わせる。

「蒼波、動いて？」

弄って硬くなった蒼波の乳首を捻《ひね》るように摘まめば、彼はぴくりと身体を震わせる。

壁に背中を預けている脩平に向かい合わせに座るような形で腰を落としていた。まるで子供が抱っこされているかのような姿勢なのに、互いの身体は繋がっている。

蒼波の首筋から鎖骨にかけて吸い、赤い痕をつける。そのたびに蒼波は彼自身のものを脩平の腹に擦りつける。その卑猥な仕草に脩平はどうしようもなく興奮していた。そんな自分をあさましいと思いながら、腰を捻り、さらに蒼波の奥へと進入する。

「……あ……」

動けば、ぐちゅりと蒼波の後ろに塗ったワセリンが融けきった音がして、それがよけいに淫らだと思えてしまう。

蒼波の吐息のような喘ぎに、彼の中をいっぱいにしているはずの昂《たかぶ》りがますます熱を持つ。

「たまんなく可愛い、どうしよう」

蒼波の、赤く尖った乳首を甘嚙みすれば、蒼波は可愛らしく小さく啼き、脩平を締めつけるように内壁を蠢かせる。

「もっと声聞きたい。もっと聞かせて」

そう言いながら脩平が突き上げを激しくさせた。

「あっ、待って……、待って……」

脩平が揺さぶったせいで、蒼波の体勢が不安定になった。彼は脩平の首に腕を絡めて必死に摑まる。蒼波の陰茎は、密着した互いの腹で擦られたせいで、その先端から蜜をしとどに溢れさせていた。

「…あ……ぁあ……ぁ、……っ」

下から奥に届くように貫いてやる。快楽が過ぎるのか蒼波は身も世もなく喘ぎ声をあげ続けた。

「次はどうするんだっけ、教えて」

はあ、はあ、という脩平自身も荒い息を吐きながら合間に意地の悪いことを言う。

「もっ……とぉ……っ」

「もっと、欲しいの？」

「お、奥……、ほし……から……っ」

蒼波はぎゅうぎゅうと脩平にしがみつきながら自らも腰を丸く動かして、欲しいとねだる。

「欲しいときにはどうやって言うんだった？」

たぶんもう蒼波の理性はどこかへ飛んでいる。その証拠にただひたすら快楽を追いかけるように、自分の乳首を弄りだしていた。

「いっぱい突いて……、わたしの……なか、脩平さんの……子種、かけて……」

そんな可愛いことを言われてはたまったものではない。

脩平は蒼波の身体を抱え直し、そのまま押し倒して上から穿った。

「……っ、あぁーーッ、……ぁ…ああッ」

体勢を変えて穿たれたその強い刺激に蒼波は後ろを締め上げる。

「うっ――」

その締めつけに脩平は小さく呻く。と同時に中にどくりと熱いものを注ぎ込んだ。ほどなく蒼波の陰茎からも白い蜜が迸《ほとばし》り、それは彼の胸まで届いて肌を濡らした。

8.

「蒼波……」

眠っている蒼波に語りかけるでもなく、名前を呼ぶ。

脩平はずっと迷い続けていた。

東京に戻るか、それともここで暮らすか。

蒼波はけっして脩平を引き留めるようなことはしないだろう。東京に戻ると言えば笑って送り出してくれるはずだ。

彼は脩平がどんな選択をしようと、ただそれをやさしく見つめてくれるだけ。

引き留めてほしい、そう思うのは単なる自分のエゴである。まだ東京に未練もあって、仕事を完全に捨てられないくせに、勝手なことばかり思う。

それに一番不安なのは、東京へ戻ってしまったら蒼波になにかあったときに傍にいられないことだ。ただでさえ力が弱くなっているというのに、これ以上なにかあったら。

知らない間に彼が消えてしまったら——そんなのは耐えられない。

蒼波の髪の毛にそっと唇を押し当てた。頰にキスしたら起こしてしまうかもしれない。やりきれない思いを、その絹糸のような感触を味わうことでかろうじて堪える。

考えても考えても答えは出ない。だが、タイムリミットは刻々と近づいてくる。

いつ、東京に戻ることを切り出そう。

ひとつ深く溜息をついたとき、蒼波が静かに目を開けた。

「大丈夫ですよ、脩平さん」

ふわりと微笑む。

「起きてたのか」

「ごめんなさい。脩平さんの気持ちが流れてきたので」

「流れてきた、って、もしかしておれの心読んだってこと？」

こくりと蒼波が小さく頷く。

「脩平さん、さっきわたしの髪の毛に触れたでしょう。そのときに。……でもこんな力、あったことさえ忘れてしまっていました。とうの昔に失った力だったから」

どうやら触れると心の中がわかってしまうらしい。たちまち脩平は恥ずかしくなった。

「ごめんな……。気分悪くしたんじゃないのか」

随分自分勝手なことを考えていたはずだ。

蒼波にとって脩平の心の中のものはあまり面白いものではなかっただろう。

けれど、蒼波は「いいえ」と嫌な顔ひとつしない。

「気分など悪くはしません。むしろ……とてもうれしかったです。恥ずかしいくらいでした。

脩平さんの心の中は全部わたしのことでいっぱいでしたから。こんなに思われていて、わたしはしあわせですね」

蒼波が脩平に向けて手を伸ばす。

応えるように脩平は身体を傾けた。脩平の首に蒼波の腕が絡みつき、どちらともなく口づける。

啄《ついば》むだけのキスをして、唇を離す。

「ねえ、脩平さん。わたしのことよりご自分のことを先に考えてください。それにね、お忘れかもしれませんが、元々わたしは長生きなんですよ。それこそ脩平さんがおじいさんになってもわたしはまだたぶんとても元気です」

「でも」

「力のことだって大丈夫ですよ。ほら、だってあなたの心が読めるくらいまでになってるんです。当分は……そうですね、あなたがおじいさんになるくらいまではきっと消えることはないでしょう。脩平さんが夢を叶えて、そしたら戻ってきてください」

ね、と蒼波は自ら脩平に唇を重ねる。

「めちゃめちゃ時間かかるかもしれない」

「ええ」

「急に仕事が忙しくなって、しばらくここに来られなくなるかもしれない」

「ええ」

「夢が叶う頃には、おれ、じじいになってるかもしれないけど、それでもいいのか」

「ええ、いいですよ。それでも。おじいさんになった脩平さんだってきっとイケメンさんです」

にっこりと笑う彼に今も心の中を読まれているのだろう。だから好きだという気持ちでいっぱいにした。

「……ごめん。身勝手で」

「いいえ、いいえ。あなたが幼い頃からわたしはずっとあなたのことを見ていたのですから。小さかったあなたが大きくなって、夢を叶えてくれる、それはとてもうれしいことなんですよ。言ったでしょう、わたしはあなたの夢を叶えてあげたかったって」

脩平は蒼波の身体をぎゅっと抱きしめ――そのとき妙な音を耳が捉える。

「――――?」

思わず、蒼波と顔を見合わせた。

「なにか聞こえるか?」

「はい……この音は……?」

昼間に聞いたバラバラという音と同じような音だ。そしてその音は徐々に近づいてくる。途轍《とてつ》もない音量は暴力に等しく、耳が痛くなるほどだった。あまりの音の大きさに耳を塞ぐ。

「ヘリか……?」

ヘリコプターの羽音によく似ている音だ。脩平が想像したものだとすればこの音の大きさも合点がいく。

だが、どうしてヘリが――。

「まさか……！」

脩平はさっと手早く身支度をすると、社から飛び出す。空を仰ぐと、そこには思ったとおりヘリコプターの姿が見えた。

暗くてよく見えないが、かなり大きな機体で、しかもなにかをつり下げている。

「なんだ……あれは」

ヘリは次第に降下し、地上へと近づいていた。脩平はその方角へと走っていく。

ヘリは社からそれほど離れていない、沿岸の上空で高度を下げていた。

脩平は間近で大きな機体が下りてくるのを見、そして目を見開く。つり下げられていたのは、重機だ。ブルドーザーをヘリが運んできた。

「ブルドーザー……」

脩平はスーツの男たちを見かけたときに良造と交わしていた会話の内容を思い出す。

――外海から船ってのは無理なんですかね。

――いや、それは無理だ。岩礁が多くて浅いもんだから、船の底がやられる。おまけに外側の潮の流れが案外速くて渦を巻いているんでな。小さな船だと下手するとすぐに転覆だ。

——そうですか……それじゃあ、他の方法を考えないといけませんね。

あれは、重機を運ぶ算段をつけていたのだ。

普通、こういった重機は船で運搬される。しかしこの海は特殊で、船を寄せつけようとはしない。だからヘリコプターという手段を取ったのか。

ヘリならば、重さに制限はあるが重機を運べないことはない。ある程度の工事ができる重機を運ぶのは難しくはないことだ。またなんらかの形で船を着けるように工事してしまえば、よりたくさんの重機や機械を運ぶことが可能になる。それは即《すなわ》ち——。

「させるか……っ！」

浜の砂を巻き上げヘリが下りてくる。その場所にいたのは、例のスーツの男や作業着を着た男たちとそして良造だ。

「叔父さんっ！」

バラバラという轟音《ごうおん》の中で脩平は叫ぶ。

声は轟音に紛れてしまっているのか、良造は脩平には気づかない。

「やめろ！」

ヘリは重機を下ろすと、重機を確保していたワイヤーを切り離し再び上空へ飛び立っていった。

おそらくまたあのヘリは重機をここへ運ぶのだろう。ブルドーザー一台だけではろくな作業はできない。

口の中に入り込んだ砂がざりざりとしてひどく不快だ。砂まみれのまま、払うこともせずに良造たちのところに駆け寄った。

良造の手には剣先スコップが握られており、これからなにか作業するのは明らかだ。

「脩平……！」

脩平の姿を認めた良造は憎々しげに舌を打つ。

「叔父さん、これは……！」

脩平は複数のワイヤーで固定された重機を指さした。

「おまえには関係ない」

切って捨てるような口調で良造は吐き捨てた。

「関係ないわけないだろ。ここにこんなもん持ち込んでいいと思ってんのか。じいさんは許可したのかよ！」

脩平は声を張り上げた。

「ああ、親父はいいって言った」

しれっと嘘をつく良造に脩平の怒りはますます募る。

「嘘つくなよ！　じいさんはなんにも知らないって言ってたぞ」

するとと良造は大きく顔を歪めた。

「うるさい！　おまえには関係ないって言っているだろうが！　海渡の家を出たおまえがおれに口出す筋合いはない！　東京に帰れ！」

行くぞ、そう作業着の男たちに声をかけ、脩平に背を向けて歩き出す。

良造の勝手にさせたくなくて、脩平は回り込んで行く手を阻んだ。

「どこに行くんだ」

きっと良造を睨むが、彼はまったく取り合う様子もなく「よけろ」と脩平の肩を摑んで払いのける。脩平はその弾みで砂に足を取られ、転んでしまった。それを助けることもせず、良造は先を急ぐように歩いていく。

「叔父さん！　待てよ！」

立ち上がって脩平は良造を追いかけ摑みかかってその足を止めた。良造は溜息をつきながら、持っていた剣先スコップを砂の上に突き刺す。

「いい加減にしろ、脩平」

邪魔するな、と良造は脩平の襟首を鷲摑《わしづか》みにした。それに負けじと脩平は食ってかかる。

「金鉱山なのか？　それであんたはここを――ッ！」

話の途中で顔に大きな衝撃が走る。良造に殴られたのだ、と思ったときには脩平の身体が揺らいでいた。

良造の力はかなりのものだ。強い力で殴られて、顎が砕けたかと思うほどの激しい痛みを覚える。頬があっという間に腫れ上がった。

良造は顔を真っ赤にし、鬼のような形相で脩平を睨みつけた。

「それ以上おれの邪魔をするならただじゃ済まないぞ、脩平」

脅しとも取れる口調で良造は言い放つ。

「あんたはここを掘り返すつもりなのか。この竜神様のいる島を」

「竜神様？　あのな、そんなもんどこにいる。現におまえは生きて帰ってきて、おまけに祟りだってありゃしねえ。おれもはじめはびびったけどな。けど、おまえが島から帰ってきて確信した。はじめからそんなもんいなかったんだってな。もう祟りなんか怖くねえって」

「いる！　竜神様はいる。けど、皆が考えてたような神様じゃなかっただけだ。その神様のいる場所を蔑ろにしていいと思ってんのかあんたは！」

「は、竜神様の贄にならなかった代わりに、なんか妙なもんでも憑《つ》いたんじゃねえのか？　邪魔だ、どけ」

砂に突き刺した剣先スコップを引き抜くと、脩平を睨みながら横をすり抜けた。

そうして男たちを先に急がせると、彼自身も早足で歩きだす。良造の凄《すご》みのある目つきに圧倒され、脩平はしばらくの間動けずに佇《たたず》んだままだった。

金鉱山、と脩平が指摘したとき良造の顔色が大きく変わった。それは即ち、図星だということだ。

芳世に許可を得ない、無断での行動は海渡の家にとってはタブーである。だが彼はそれを敢《あ》えて冒そうとしている。

芳世に知れればおそらく村八分にでもなろうものを、それを踏まえた上で良造は金を掘り出そうとしているのか。

ぼんやりと彼らの向かう先を見て、今度は脩平の顔色が変わった。

あのまま進んでいくと、あるのは蒼波の社だ。

悪い予感しかしなかった。

「まさか……！」

父が言っていたことを思い出す。

――祠の下に大きな金の山がある。

昔、祠だったのをお社に建て替えたはずだ。祠を社に置き換えたとしたなら……。書物どおりなら金の山は蒼波の社の下にある。

「しまった！」

社が壊されるかもしれない。

はっと目を見開くと、脩平はすぐに駆け出し、かなり先まで進んでしまった良造たちを急いで追った。が、砂に足を取られてなかなか思うように進まない。

くそ、と顔を歪め、必死で追いかける。

この異変に蒼波はとうに気づいているのに違いない。——もし社が壊されてしまったら。

脩平はぎゅっと眉を寄せた。

蒼波は悲しむだろう。蒼波という存在をないものとして、いとも簡単に神を祀る場所を破壊しようとする。その行為が、彼の心にどれほど深い傷を負わせるのか。

「やめてくれ！　やめろ！」

社に辿り着いたときには、すでに作業員たちが社を壊しにかかっていた。

木造の社など、たかが斧《おの》ひとつ、ハンマーひとつで容易にダメージを受けるのだ。そこかしこで木の板が割れる音が響いてくる。

せっかく修理した箇所なのに大きなハンマーで壁をぶち抜かれて、空洞ができていた。

脩平は作業員の前に立ち塞がり、社を守ろうと両手を広げる。

「頼むから！　やめてくれ！　ここは竜神様のお社なんだ。不敬なことはするな！」

脩平の叫びに作業員の手が止まる。一斉に驚いた顔をしていた。まさかこんなところに人がいるとは思っていなかったのに違いない。

「脩平さん！　危険です！　危ないことはやめてください」

そこに蒼波が飛び出してきた。

「蒼波……！　大丈夫だったか」

「わたしは大丈夫です。それより、脩平さん、いいですから」

蒼波の無事は確認できたが、どうしたらこの作業を止めることができるのか。

「ここは海渡の家のものです。ですが、海渡の当主はここの作業を認めていません。すみやかにお帰りください」

脩平はとりあえず説得にかかる。

作業員たちは脩平の言葉に互いに顔を見合わせて困惑したような表情になった。

それもそのはずだ。彼らだって仕事でやってきている。なのに作業できないと言われれば戸惑うしかない。

するとそこに良造が現れた。

「邪魔をするなと言ったはずだ」

ずい、と脩平の目の前に身を乗り出す。

「ここはずっと海渡が守ってきたお社だ。いくら良造叔父さんでも、ここを壊していいってことはない」

「黙れ！　どうしておまえはここに帰ってきた！　おまえさえいなかったらここはおれのものだったのに」

「ここは誰のものでもない。竜神様のものだろう？　そしてここを海渡が守ってるだけだ。叔父さんもここに残ってる海渡の家のもんなら、ちゃんとしきたりくらい守れよ！」

「おまえが言うか。ここを捨てたおまえが」

「わかってるよ。おれにこんなこと言う資格なんてないってことは。でもな、だからといって見過ごすわけにはいかないんだよ。でも、なんでだよ。なんでこんなことすんだよ。ここは海も豊かだし、それこそ宝石珊瑚も採れる。暮らしていくには十分だろ。いまさら金なんか発掘しなくたって困らないはずだ」

「おまえにはわかんねえよ。おまえは黙ってても海渡の跡継ぎだ。そしたらここにある金だって独り占めできるんだろうが」

「そんなもんに興味ねえよ」

「おれはずっと昔から我慢していた。親父はおれのやることなすこと反対した。若い頃にリゾート開発をはじめとしてビジネスを展開しようと提案したが、けんもほろろでな。おまえもわかるだろう？　この息苦しい場所。おれだってこんな閉塞した場所にはうんざりだった。だからもっと人のやってくる、開けた場所にしたかったんだ。なのに親父は取り合ってもくれなかった」

そんなことがあったとは知らなかった。

変化を好まない海渡の集落では、目新しいビジネスなど一番に反対されるだろう。

「リゾート開発って……この島も含めてってことか」

「もちろんだ。なにせここは温泉も出る。干潮時にだけ島に渡れるなんて、一番の客寄せになるだろうしな。プライベートビーチみたいなことだってできる」

温泉のことを良造は知っていた。

おそらく随分長い間彼はここを狙っていたのだ。

「だが、バブルも弾けた。しかもこんなしょぼい土地も土地だ。バブルが弾けた途端、リゾート地ってのは需要がないと相手にもされなくなった」

ははは、と良造は自虐的に笑う。

「そんなとき姉さんが結婚した。……おれは長男だったから、てっきり跡を継げるもんだと思ってた。けど、親父はそれを許さなかった。姉さんが連れてきたおまえの父親を婿養子にしておれを蔑ろにした。あんな表六玉《ひょうろくだま》になにができる。おまけにおまえが生まれて、じいさんはおまえを跡継ぎにするって言いやがった」

良造は当時を思い出しているのか、わなわなと拳を震わせている。

そういう経緯があったのか。

そうだ。家を出る前に、じいさんとやり合った、と脩平は七年前のことを思い出す。

はっきり芳世に「おまえは海渡の跡を継がなければならん」と言われたのだ。

脩平は複雑な思いで良造を見つめていた。

良造は父には冷たくあたっていたが、それには跡を継ぐことができなかった恨みのようなものがあったのだ。

「おれは親父に抗議した。そしたら親父のやつなんて言ったと思う?」

くそ、と良造はいまいましそうに言い、舌を打った。

「ここを売り飛ばそうとしているやつに跡なんか継がせられん、そう言った。親父はまだおれがここを観光地にするのを諦めていなかったのを知ってやがったんだ」

話を聞くと、良造はそのときまで観光地化に執着していたらしい。

だが芳世はそれをよしとしなかった。それはここを——一族の暮らしを守るためには当然のことだっただろう。

今でこそいくらかは景気が上向きになっているとはいうものの、まだまだ世間的には景気がいいとは言い難い。脩平が生まれた当時ならなおさらだ。まだ崩壊した経済を引きずって不況の真っただ中にあった時期だ。贅沢《ぜいたく》のために無駄遣いをするような金銭感覚は、ごくごく一部の裕福な者を除いてはなかっただろう。

今になってようやく立ち直りつつはあるものの、昔ながらの老舗《しにせ》の温泉地だって、生き残りに苦労する時代だ。

低価格に高サービスという、無理難題をクリアしなければ生き残れないほど厳しい。そこに新たに参入するなどそんな賭《かけ》のような事業、めったなことでは手を出せまい。

「だからおまえが東京に行ってくれて正直助かったよ。これでおまえがここに戻ってこなけりゃ、親父は諦めておれに跡を継がせてくれるってな。おまえは七年間ここに寄りつこうともしなかったし。ほっとしていた」

なるほど、脩平が東京で順調に仕事をしていればしているほど、良造にとっては都合がよかったのだった。

彼がずっと脩平を追い出したかった理由はわかってはいたものの、改めて聞くとどこまで自分本位なのだ。あまりにも自分勝手すぎる。呆れてものが言えない。

脩平がここを離れている間、良造は観光地にする以外のビジネスを探っていたらしい。それが金、というわけだった。

「あるとき海洋資源調査の会社がやってきてな。ここは金の山だって教えてくれたよ。おれも温泉を調べているときに、周囲も調査してたから確信した。なんたって、砂金が出ていたからな。知ってるか？　金鉱脈ってのは火山があって地震が多いところにできやすいってな。ここはその条件にも合っている。おまけに海渡の家に残っている書物にも金の山があるって書いていただろうが」

良造はそれからずっと自分と手を組んでくれる業者を探しており、ようやく見つかったのだとそう言った。

だがそれと、なぜ今、という疑問が湧き起こる。

どうしてこのタイミングなのだ。

「あのさひとつ訊きたいんだけど。なんで今こんなことしてるわけ？　じいさんはまだ生きてるし、あんたのやってることを知ったら反対されるのわかりきってるだろ」

「仕返しだ」

良造はそう言った。

芳世は先が短い。いつ亡くなってもおかしくない年であるし、皆も覚悟をしている。亡くなった後は、脩平の父が当主になるというのはすでに知らされていることであるし、芳世が定期的に書き換えている遺言状にも記載がある。

だが残念ながら、良造への遺産はほとんどないらしい。いくらかは残すだろうが、けっして多くはないとのことだ。

それをなぜ良造が知っているのか、というのは、芳世は遺言状の書き換えのときには内容を必ず伝えるからだ。

どうやらそれを逆恨みしているらしい。

芳世にしてみれば、良造に大きなものを残せばろくなことはないと思ってのことだろうが、それが裏目に出てしまったようだ。

「親父が生きている間に、大事な島をめちゃめちゃにしてやりたかった。大事に守っていた竜神様だって結局迷信だろうが」

加えて、いつまでも脩平がここにいるのにもいらいらとしていたようだ。もしかしたらここに戻ってくるかもしれないと思ったら、いてもたってもいられなくなり、強硬手段に訴えることにしたのだろう。

業者に唆《そそのか》されたのも影響していたようだ。どうやら、金を発掘してしまえばこっちのもんですよ、とかなんとか言われたみたいで、法律的なこともまったく考えずに衝動的に動いたのがわかった。

「子どもかよ」

呆れてついそんな言葉が口をついた。

それを聞いた良造はぎろりと脩平を睨む。

「なんだそれは。バカにしてるのか」

「……いや。結局あんたはだだを捏ねてるだけじゃねえか、そう思ってさ。自分の我儘《わがまま》が通らなかっただけだろ？　それを拗ねてるだけだろうが。まあおれだって偉そうなこと言えねえけどな。それにさ、いくらここから金が出たところでそんなの本当に金になるのかよ。そんなことするよりも、いつだってここにある豊富な海からの恵みで十分じゃねえのか」

発掘作業で周辺の海が汚れ、魚が捕れなくなったり、宝石珊瑚が生きていけなくなる方が将来的にはダメージを食らう。

「うるせえ。いいからどけ！」

良造は叫び、持っているスコップを振り回す。

「嫌だね」

脩平は言い張った。それだけは許さない。蒼波のためにもけっして。

「なにかっこつけてんだよ。そのねえちゃんの前だからってていいかっこしなくてもいいって」

と蒼波を指さす。

良造は蒼波を女性だと思っているようだ。敢えて否定することもないから脩平は黙っていた。

「かっこつけたっていいだろ。好きなやつの前でかっこつけないで、いつかっこつけんだよ。おれはここが……この海が大好きなこいつのためにも、絶対あんたを許さない」

脩平がそう言うなり、良造は摑みかかってきた。

「……っ!」

襟首を摑まれ、ぎゅうぎゅうに締められる。

馬鹿力で首を締めつけられて、息ができなくなった。

殺される、そう思ったときだった。

あたりが真っ暗闇に覆われた。

月が明るく輝いていたはずの空が、次の瞬間からわずかな光もなくなってしまった。月だけでなくすべての星々も覆い隠してしまう暗雲が夜空に立ち込め、さらに闇を重ねていく。

なにも見えない、そう脩平がぶるりと身体を震わせたそのとき。

耳を劈《つんざ》くほどの激しい雷鳴と共に、凄《すさ》まじい稲光が闇の中を駆け抜ける。雷は地面に、木々に幾筋もの光を伴って落ちた。爆発音がして、樹木を焦がす匂いが脩平の鼻腔《びこう》にもはっきりと届く。そして一瞬、ぴたりと雷がやんだ。

『わたしはこの海を司る竜神。わたしの海で身勝手な振る舞いは許さない』

蒼波の声があたりに響き渡る。それはとても厳かで、とても恐ろしい声音だった。と、同時に蒼波は夜空に突然姿を現した。それは脩平の知るいつもの可愛らしい蒼波ではなく、途轍もなく大きく、猛々《たけだけ》しくも荘厳で、ぞっとするほどうつくしい青竜の姿であった。

――あれが。

蒼波の本当の姿なのだ。脩平はそのうつくしさと迫力に呆けたようにその場に立ち尽くして、見とれるしかできないでいた。

本当にうつくしいものには畏《おそろ》しさを覚えるというが、まさにそれである。脩平はこの光景を自分の目にだけしか留《とど》めておけないことを悔しく思いながら、いや、と内心で首を振った。

これは己の目にだけ留めておくべきものだ。

どの媒体でも、どんなすばらしい技術をもってしても、今自分が目の当たりにしているものは表現のしようがないだろう。

ぶるりと身体を震わせ、脩平は蒼波のすべてを目に焼きつけようと瞬きするのさえ惜しんで見つめ続けた。

蒼波は全身をたなびかせるようにして空を舞い、地面にいる脩平たちを見下ろしている。

「うわ、うわ……ぁっ」

良造が錯乱したように、傍に置いていた剣先スコップを持つなり振り回した。

だからといって、蒼波にその先が届くわけでもない。しかしよほど恐ろしいのだろう、良造は目を瞑って「こないでくれ!」と叫びながら、あたりかまわず暴れる。

『あなた方のしたことはわたしを貶《おとし》めたと同じこと。また、社を守ろうとした者を手にかけるなど言語道断』

耳から入り込むのではなく、頭の中に響く蒼波の声はひどく冷たい。

『ならば相応の報いを――』

声がするなり、あたりには一斉に雷が落ちた。

激しい雷にその場にいた者たちは逃げ惑う。いくつもの雷はさきほど同様に地面や木々に落ち、さらにヘリコプターやブルドーザーへも容赦なく落ちて、すべて焼き尽くす勢いだった。

「蒼波！　もういい！　やめろ！」

脩平は叫んだ。彼に力を使わせてはならない。

神通力を自由に操れるほど、彼に力はないはずだ。あの元の姿に戻るのさえ精一杯だろうと思うのに、命が尽きてしまいかねないくらいの力を使っている。

蒼波の深い悲しみが伝わるようだった。

彼の願いはたったひとつに過ぎない。

いつまでも穏やかにここで人間と一緒に暮らすこと。

それだけの願いだった。

なのに、そのごくささやかな願いですら、彼自身が守り続けていた人間に踏みにじられようとしている。それがどれほど彼を悲しませているのかと思うと、胸が締めつけられるように痛くてたまらなかった。

あの雷は彼の涙だ。

蒼波が心の中で号泣している様子が脩平には見えるような気がする。

手を伸ばせる場所に彼がいたなら、抱きしめてやれるのに。大空にいる彼にそれができないのがもどかしい。

これ以上はもう――。

「おまえをなくしたくないんだ！　だから！」

脩平の必死の声が蒼波に届いたのか、雷の勢いが弱まる。蒼波は脩平へ顔を向けると、じいっと見つめる。

「おれのところに戻ってこい、蒼波」

両手を彼を迎えるように広げた。その直後。

「うわあああああっ！」

背後から獣の咆哮《ほうこう》のような叫び声があがった。声に反応して脩平が振り向くとすぐそこに良造がスコップを振り上げて襲いかかってくる。

「―――ッ！」

よけられない、そう脩平は目を瞑って身を硬くした。

刹那《せつな》、ひときわ大きな音と共に雷が良造の持っていたスコップに落ちる。そして火花を散らして良造の身体ごと跳ね飛ばした。

だがその雷を落とすと蒼波は力尽きたように落下する。地面に落ちきる寸前、青白い光を放って小さな星のようなきらめきが四方八方に散っていった。そしてそのすぐ後、蒼波の姿が視界から消える。

「蒼波ぃぃぃっ！」

脩平は彼の姿が消えたあたりを目指してひた走った。

いやだ、いやだ。

「蒼波！　蒼波！」

叫びながら、走る。しかし目の前が涙で滲み、なにも見えなかった。

9.

蒼波の姿を見つけたのは、波打ち際だった。

はじめて出会ったときと同じ、小さな竜の姿でぐったりと横たわり、波にさらされてそこにいた。

「蒼波！」

脩平は急ぎ駆け寄ると、濡れるのもかまわずそこに跪《ひざまず》く。

「蒼波！　大丈夫か！」

蒼波の身体を脩平は抱き上げる。次第に呼吸音が弱々しくなっていく蒼波に、脩平はなすすべもない。そのまま抱きしめるしかなくて、途方に暮れた。

「蒼波！」

何度か目、彼の名前を呼んだとき、ようやく蒼波は薄く目を開けた。

『脩平さん……よかった……無事で』

「バカ！　おれのことより自分のこと考えろ！」

『そんなに怒らないで。わたしはあなたが無事でうれしいんです。……やっとあなたにもらったたくさんのもののお返しをすることができました』

「だからって！　だからっておまえがこんなふうになるのをおれは望んでいない……！」

『……同じですよ。わたしだってあなたが痛めつけられるのを黙って見ていられなかった。……ねえ、脩平さん。わたしはとてもしあわせなんです』

声が、細く、途切れ途切れになる。脩平は首を振って「いやだ」と言い続けた。

『わたしのことを好きになってくれてありがとう。あなたが好きだという気持ちをくださったから、わたしはさみしくなく、楽しくしあわせでいられました。人の姿ではなくても、このままの……わたしのありのままの姿も好きだと言ってもらえて本当にうれしかった……けれど、もうお別れな気がします。わたしの命の珠がこんなになってしまったから』

彼がいつも大事に握っていた宝珠はすっかり割れて、今では半分ほどしか残っていなかった。

蒼波が落ちるときに脩平が見た、あの星のようなきらめきは、きっとこの宝珠が割れたときのものだったのかもしれない。

蒼波が口を開くたび、半分だけ残った宝珠にピシピシとひびが入った。

「喋るな……！　蒼波、もう喋らなくていい。お別れなんて言うな……！」

脩平はきつく蒼波の身体を抱きしめる。この手を緩めたら、すぐにでも彼の身体がどこかに行ってしまいそうで怖かった。

『痛いですよ……そんなに強く抱きしめられたら。……せめて最期は人の形であなたと抱き合いたかった……』

ふふ、と蒼波が小さく笑う。けれどそれはとても儚い。

「いやだ……！　おまえがいなくなったらおれは……！」

だが、脩平の叫びもむなしく、蒼波はふっと吐息を漏らすと『ごめんなさい』と呟きを残して、静かに目を瞑った。

そのとき、キンという甲高い音を立てて宝珠にはっきりと亀裂が入った。

「蒼波……！　あお……」

脩平の叫ぶ声の終わりは、嗚咽《おえつ》に変わる。喉の奥からこみ上げる悲しさをどう表現したらいいのだろう。脩平がどんなに蒼波の名を呼んでも彼は目を開けない。もう彼のはにかんだ笑顔も可愛らしい仕草も見ることはできないというのか。脩平の目からは大粒の涙がぼろぼろとこぼれ、頬を伝って流れた。

顎を伝って雫《しずく》になったその一粒が宝珠に落ちた。涙の粒はちょうど亀裂に吸い込まれるように宝珠の肌を滑り落ちる。

すると、宝珠は発光し、徐々に光を増したかと思うと、蒼波の身体を光の珠でくるんだ。大きな光の珠は蒼波の身体ごと、しゃがみ込んでいる脩平の頭の上ほどまでふわりと浮かび上がる。

光の珠はそのまま浜辺の方へふわふわと揺れるようにして動き、脩平はそれを追う。

一層輝きを増した光の珠はあたりをまばゆく照らした。またその光に連鎖するように、先ほど散っていった宝珠の欠片《かけら》だろう、それらが散った先で同じような光を放つ。輝きは留まるところを知らないというように、増幅を続け、その眩しさに脩平は目を開けていられずぎゅっと瞑った。

脩平が覚えていたのはそこまでだ。

後はそのまま意識をなくしたらしく、次に目を覚ましたのは、夜が白々と明けはじめた頃だった。

「…………っ！」

それに気づいたのは、脩平がごしごしと目を擦り、薄目であたりを見回したときだ。

脩平が倒れていたところから、ほんの数歩。手を伸ばせば届きそうなところだった。

人の形をした蒼波が乾いた砂の上に横たわっている。

「あ……あ……」

脩平ははっと身体を起こすと、すぐさま立ち上がって彼の傍へと駆け寄った。

明けきらない薄明るさの中、彼の胸は上下しているように見える。

錯覚か、と目をこらしてよく見ようとしたが、頭をひとつ振って、倒れている蒼波の口元におそるおそる耳を近づけた。生きているのか、それとも――。

耳をそばだてると、聞こえてきたのは、力強く規則正しい息づかい。

生きている。

神様、と脩平は声にならない声をあげた。

「蒼波……っ！」

すぐに蒼波の身体を抱きかかえると、軽く頬を叩いて彼の名を呼ぶ。

だがなかなか彼は目を開けない。何度か繰り返しているとようやく瞼がぴくりと痙攣《けいれん》するように動いた。それからほどなくして、細く目を開け、ぼんやりと視線を彷徨《さまよ》わせるように動かす。

「蒼波！　わかるか？　おれだ！」

声が震えているのが自分でもよくわかった。

「……え……？　脩平さん……わたし……？」

脩平の声を聞いた蒼波は驚いたようにぱっと目を開いた。彼自身まだ事情がよくわかっていない様子で狼狽えている。

「よかった……蒼波……よかった……」

困惑している蒼波をよそに、脩平はうれしくて彼の身体をぎゅうぎゅうと抱きしめた。

「脩平さん？　あの……？　え……」

触れている蒼波の身体は幻でもなんでもない。温かく弾力のある皮膚――。

そこで脩平はあることに気づく。

おそらく蒼波も脩平と同じことに気づいたのだろう、ふたり同時に目を合わせた。

「……人間になったのか？」

かつて竜だった彼の体温は今よりもずっと低く、肌もひんやりとしていた。しかし今は心地よい温《ぬく》もりをその身体に抱いている。

朝日の中で冷静になって蒼波をよく見ると、顔や手に細かな傷があるのがわかる。切り傷はないものの、ちょっとした擦り傷が腕にあって、しかし以前のようにすぐに治る気配はなかった。

「脩平さん……！　わたし……わたし、人間になったのでしょうか」

目をぱちくりさせながら、蒼波が訊く。

「さあな。でもどっちでもいいって。おれはおまえが生きていてくれただけでうれしいんだ」

蒼波をきつく抱きしめ、そして彼もしがみつくように脩平の首に腕を回した。

奇跡、と一言で片づけてしまえばそうなのだろう。

もしかしたら、神様は脩平と蒼波の強い思いを酌んでくれたのかもしれない。それがこの奇跡を生んだのだとしたら。

いや、いずれにしても蒼波は生きてここにいる。それだけで十分だった。

どうやら奇跡というのは、細かいところまではフォローしてくれないらしい。

蒼波が生きていたのはうれしいことだったが、その後が大変だった。

夜が明けきった途端、夜中の爆発音だとか謎《なぞ》の発光だとか、島にしか落ちなかった雷だとか、凄まじい地鳴りだとか、天変地異が訪れたとばかりに、干潮の時刻と共に、警察や消防隊が島へ押し寄せた。

もちろん集落の者もほぼ全員といっていいくらいわんさと訪れ、芳世も父に連れられてやってきた。

無事な脩平の顔と、それから芳世ははじめて見る蒼波の顔を見比べて、ほんの少し口元を緩め、そしてまたむっつりとした顔に戻った。

「じいさん、あのさ」

脩平が口を開くと芳世は、

「後でゆっくり聞く。おまえらは家に戻って風呂でも入ってこい。身体中砂と塩だらけだぞ」

と、顔色も変えずに言う。

「でも、良造叔父さんが……」

蒼波の雷に直撃した良造は果たしてどうなったのか。

普通、あれだけまともに雷が落ちれば、感電して命を落とすだろう。まさかあの雷で良造は……。

そう脩平が深刻な顔をしていると、消防隊の隊員に良造が担架で運ばれている姿を見つけた。例のスーツの男や作業員たちは自力で歩けるようで、その後を警察官が横につきながらぞろぞろと歩いている。

「叔父さん！」

脩平が良造の方へ向かう。が、芳世に引き留められる。

「おまえは行かんでいい」

そう言って芳世が歩いていこうとする。

「じいさん……！」

すると消防隊員のひとりがこちらに向かってきた。

「すみません。あの、今運ばれていった——」

脩平が言いかけると、隊員は穏やかな顔で「大丈夫ですよ」と安心させるように言う。

「軽い火傷《やけど》と打ち身があるようですが、命に別状はありません。念のため病院へ搬送しますが」

「そうですか……。よかった」

脩平はほっと胸を撫で下ろした。良造に殺されそうにはなったが、彼が死んでしまうのは本意ではない。雷といえど、蒼波の雷だ。普通の雷とは違ったのだろう。

やはり蒼波は蒼波だったんだな、と脩平は隣で所在なさげに立っている蒼波の顔を見てにっこりと笑った。

「それにしても、めちゃくちゃになったもんだ」

芳世がぐるりと見回して溜息をついた。

蒼波が落とした雷の数々で、木々は折れ、岩もところどころ砕け散っている。

「……ちゃんとお社を建て直さんといかんな」

芳世はそう言ったが、ここにもう竜神はいなくなってしまった。それを芳世に告げるかどうか躊躇していると、芳世は「また神様が戻ってきたときになにもないといかんだろう」とぽつりと呟く。

どこまでわかっているのか、と脩平は驚きつつ芳世を見遣ったが、彼はただ静かに遠い海を見つめるだけで、それ以上言葉を継ぐことはなかった。

「なんだかんだ言っても、じいさんすげえわ……」

感心したように、脩平が呟いた。

警察に聴取されて調書を取られ、やっと解放されたのは昼近くになってからだった。芳世は脩平に「風呂でも入ってこい」と言ったが、あれからすぐに警察官がやってきてそれどころではなく、あれやこれやと訊かれたのだ。

見るからに自然災害ではあるのだが、爆発物があったのではないかなど、なるほどそういうことも一応は訊くのだなと、聴取されながら思った。

警察が考えるような爆発物はないものの、このひどい有様の原因がまさか竜神が現れて、なんて言うわけにもいかず、雷が島に落ち、そのせいでヘリコプターやブルドーザーなどへも被害が及んだ、としか言えないでいた。

それは良造と共にいた、例のスーツだの作業着だのの男たちも同じだったようで、イレギュラーかつ局地的な雷によって、ということですべてが処理されたようだ。

ただ、良造たちはそれから警察に引き渡されることになった。

無断で採掘作業を行おうとしたり、またそれに伴って、様々な文書の偽造もあったということで取り調べを受けることになったのだ。

良造はおそらくもうこの集落には住むことができなくなるだろう。

実の弟がしでかしたことに母親はひどく落ち込んでいたが、どこかほっとしたようなところも見受けられた。

芳世が本領発揮したのはそれからだ。

ようやく落ち着いて、脩平が芳世や父に「あり得ないって思うかもしれないけどさ」と前置きして語った事情に、芳世は特になにも言わず、それどころか蒼波にうやうやしく頭を下げた。

「このようなことになったのも手前どもの至らなさでございます」

あっさりと脩平の言うことを信じたわけはすぐにわかった。

ちょうど蒼波の宝珠が壊れ光の珠となった頃、芳世のもとにお釈迦様が現れたという。

「蒼波様のことをよろしく頼むとおっしゃってゆかれた」

どうやら奇跡の一部は芳世もその目で見たらしく、どうりでさきほどから話がとんとん拍子に進むわけだ、と脩平は唸る。芳世は蒼波が竜神であったことをすでに知っていたのだ。

確かにお釈迦様が目の前に現れたら納得しないわけにもいかないよな、と脩平は頷く。

とにかく嘘だの作り話だのと真っ向から否定されなくてよかったと脩平はほっとした。なにより芳世の言うことは海渡の家では絶対なので、他の者に口は出せない。

それだけで十分だった。

父は一体どう思っているのか、と訊ねてみたが「ここで暮らしている以上はなんでも受け入れないとやっていけない」とにっこり笑う。

案外父も柔軟な考えをする人だったんだな、と脩平は改めて見直した。

そこから芳世はさっさと弁護士を呼んで、蒼波の戸籍取得の手続きをすぐに取らせる。

蒼波の出自を海渡の他の者にどう説明したのかが脩平は気になったが「まあ、適当に」とはぐらかされた。それは後で誰かに訊いてみようと思いながら、それよりも裁判所に申し入れをして手続きを踏めば、戸籍を取得できるというのを脩平ははじめて知る。

さらに芳世はそれが済んだら蒼波を自分の養子にすると公言した。

「養子⁉」

「それがどうかしたか」

「いや、だって。養子って、そりゃそれが一番いいかもしんないけどさ」

「だったらいいだろう」

芳世は相変わらずむすっとしているが、機嫌が悪いわけではなさそうだ。

「じゃあ……蒼波はおれの叔父さん、ってことになっちゃうわけ？　えええー」

蒼波が芳世の養子となれば、すべて収まりがいいのは百も承知だ。誰にも文句のつけようもなく、方法としては一番の良策だとは思う。思うが……心情的には、微妙である。

これでも一応は蒼波と恋人同士だ、と脩平は思っている。

（うわ……叔父と甥で、って……どうしよう……禁断の恋ってことに？　いやいや血は繋がってないし。でも……）

なんとなく後ろめたさを覚えてしまうのは仕方がないだろう。

「なんだ？　他にいい方法あるなら言ってみろ」

じろりと芳世が横目で睨みつける。

「いっ、いえ！　ありません！　ないから！」

「じゃあ、そういうことでいいな」

「はい……」

なんとなく腑《ふ》に落ちない気もするが、結局はそれが一番だと結論づけて諦めの心境に達した。

当の蒼波といえばすっかり海渡の家に馴染んでいた。

母親が蒼波のいい話し相手になっているようで、彼は毎日にこにこ笑っているのでこれはこれでいいと思う。

着物はさすがにどうかと思ったので脩平が昔着ていたシャツやジーンズを着ている。だがやはりサイズが大きく、いわゆる「萌え袖」になっていて、脩平にはきわめて目の毒だ。その姿で無邪気に脩平の前をうろうろされるだけで、頭の中にピンク色をした物質が溢れてきそうになる。

（思い出すだけでやばい……）

さすがに親や祖父のいる家で、襲いかかるわけにもいかないので我慢しているが、そろそろ限界かもしれない。

「で、おまえはいつ東京に戻るんだ」

芳世に訊かれる。

そのことについては、脩平はずっと考えていた。

これからどうすべきか、自分はどうしたいのか。そして出した結論は——。

「あっ、悪い。工務店さんのくる時間だ。じいさん後でな」

話をはぐらかすように、脩平は芳世のもとから立ち去った。

もちろん工務店との約束は本当だったが、芳世に話す前に蒼波にはきちんと話しておきたい。そのためにもあることを確認しておきたかった。

そしてそのためにはもう一度、島に渡らなければならない。


次の日の早朝、脩平は蒼波を伴って、島へ渡った。

「温泉、なくなっちまったな」

ふたりで一緒に入った湯はすっかり枯渇《こかつ》してしまっていた。

あの大量の雷のせいもあるかもしれないが、それよりも枯渇した一番の原因はきっと蒼波の神通力が消えてしまったせいだろう。豊富だった島の湧き水がいくつも出なくなっていた。

いくら力が弱かったとはいえ、やはり水の神だったのだ、と蒼波の横顔を見て思う。

「……そうですね」

「またふたりで入りにきたかったんだけどな。……あ、良造叔父さんじゃないけどさ、ボーリングすれば出てくるかもな。今はどこ掘っても温泉って出るらしいし。そもそも元々あったんだから」

茶化したように言うと、めっ、と蒼波に睨まれた。

「もう、そんなこと言わないでください。わたしは脩平さんは良造さんみたいになってほしくありませんよ」

蒼波に叱《しか》られる。

「冗談だって。しないよ」

でもいいお風呂だったのに、と未練がましく言うと、もう一度蒼波に睨まれた。

それから、社があったところまで歩いて戻ると、脩平は立ち止まり、その場でしゃがんだ。

「どうしたんですか？　具合でも悪いのですか」

蒼波が訊く。

「違うよ。蒼波、これ見てくんないかな」

脩平が地面を指さした。そこには若木と呼ぶにはまだ幼い、小さな木の赤ん坊が何本か元気いっぱいに身体を伸ばしていた。

「これは……」

蒼波もしゃがみ込んでその幼い木をじいっと眺める。

「この木の種類はおれにはわかんないけど、こいつらはここだけじゃなくて、あちこちに芽を出しているよ。その中でもこいつが一番元気がよくて、そして一番成長が早い」

「そうなんですか。言われてみれば、葉っぱも茎もしっかりしていますね」

「こいつらは、あんたの宝珠が割れちまったときの、散り散りになった欠片の名残だとおれは思う」

え、と蒼波が脩平の顔を見た。

「警察の現場検証や後片づけでここいらを歩き回ったときに芽を出してるのを見つけた。ほんの四、五日前に見つけたときにはちっちゃな芽だったのに、こいつはもうこんなに伸びてる。他のもそうだ。ぐんぐん、めちゃめちゃすごい早さで成長しているんだ」

見つけたのは本当に偶然だった。

ごく小さな芽だ。誰かの足で踏みつぶされてしまえば、生きていなかっただろうし、そのときも脩平が歩き回っていてこの芽の上に足をかけてしまいかねなかった。

しかし、つるつるとした石や水溜まりなど滑るような要素はまったくなかったのに、つるりと滑って転んでしまった。

そして転んで起き上がったときにそれを見つけた。まるで見つけてくれと言わんばかりに、すっと背を伸ばしているようにも見えたのだ。

気になって次の日見に行くと、たった一日と思えないくらいに成長していた。

もしや、と思い、脩平はそこいらを探るようにして歩いていた。すると目に飛び込んできた小さな芽がいくつもあって、それらがあったのはすべて宝珠が飛び散った先とほぼ同じ位置であった。

「ナギ……」

蒼波がぽつりと呟く。

「ナギ?」

訊き返すと、蒼波は頷く。

「梛《なぎ》、という木です。梛は音が凪《なぎ》に通じるところから、葉を海難避けのお守りにしたりしてね。船乗りに信仰される木なんですよ。そうですか、この子は梛なんですね」

蒼波がその木に触れると、木は喜んでいるように風もないのに葉を揺らし、そして、ぐんと一気に数十センチも大きくなった。

「このお隣の子は榊《さかき》でしょうか。こっちは楠《くす》ですね」

榊は「神の木」、そして楠は「薬の木」と呼ばれ、どれも神木として相応《ふさわ》しい木ばかりだ。

それはけっして海を守るばかりではなかった、なによりここに住んでいる人々のことを考え続けていた蒼波を形作っていたもののように思われる。

「ほら、やっぱりあんたの持っていた宝珠だろ、こいつら。それでもやっぱりこのナギってやつが一番勢いがある。なんたって海を守る木だもんな。きっと一番大きな欠片がこいつになったんだろうけれど」

「ええ……そうですね。そう……この子たちが」

蒼波の目元がじんわりと赤く染まり、声が震えていた。ぐいと袖口で目元を拭うと、脩平を見る。

脩平が目配せすると、蒼波は頭を脩平の肩に乗せた。

「大事に育ててやりたいと思ってさ。こいつはあんたの代わりにきっとこの海もこの場所も守ってくれる」

蒼波の命だった宝珠の半分は彼を人間として生まれ変わらせるために、そしてもう半分はこうして海や住まう人々を守ろうと新しい命となってここに根づいたのだろう。

不意に大風が吹く。

空は雲が増えてきて、海にも白波が立った。

「荒れなければいいけどな。確か今日は船が出ている」

嵐の予感に脩平は心配そうな顔をする。

けれど蒼波は脩平の心配をよそににっこりと笑った。

「大丈夫ですよ。見ていてください」

蒼波はやさしく若木に触れ、海を指さす。

吹く風にまだ小さいが木の葉が揺れて心地よい音を奏ではじめる。その音になだめられるようにして荒れた海が凪いだ。

「わたしの力はいくらかこの子に残されたようですね」

そう言って、目を細めた。


「なあ、蒼波」

若木をふたりしてしばらく見つめていた後で、脩平は口を開いた。

「なんですか？」

「おれ、ここに残る。東京にはもう戻らない」

きっぱりと決心したことを蒼波に告げた。

「だって……脩平さん、お仕事は？　写真は？　そのために東京へ行かれたのに」

蒼波が目を見開いて矢継ぎ早に訊いてくる。

「昨日、今日で出した結論じゃないよ。ずっと考えてたし、たぶん東京にいた頃からおれは迷ってた。やっと……というか、ようやく決心できたんだ。ここに残るって選択を」

「わたしの……せいですか」

「いいや。蒼波のせいじゃない。そりゃあ、きっかけにはなったかもしれないけどね。でも蒼波だってもう人間になってしまったんだし、本当に東京に戻るつもりならおれは蒼波を連れていくよ。でもさ」

ここへ帰ってきて、家やそして家族と触れ合って、昔の自分ではわからなかったことや気づけなかったことがたくさんあった。

たぶんそれは家族の方も同じで、脩平が出ていってからも変わったのだろうし、また今回の騒動があってからも、様々なものが変化していったような気がする。

「ようやくさ、気づいたんだ。ここがおれを縛りつけていたわけじゃないってこと」

昔ここにいたときには、すべてが自分を縛りつけているようで息苦しさしかなかった。ここから逃避するように写真という手段を用いて東京へ行った。が、結局生活がという言い訳をして、それ以上外へ飛び出すことはなかった。

本当に目を世界へ向けたかったなら、どんなことをしてでも行けただろうに、それすらせずにいた。結局自分はここから逃げたかっただけだったのだ。

昔、芳世に「写真はどこにいても撮れるだろう」と言われて反発したが、今なら「そうだな」と思う。

撮りに行きたければどこへだって行けばいいことだ。写真を勉強するために海外へ留学、だって本気になればできないことはない。拠点がどこであろうと自分さえしっかりとしていればできるはずだ。きっと。

そんなふうに考えを切り替えられるようになったのは、自分が一番に大事にしたいものがなにかということがわかったからだ。

それを守るためなら、他のことはすべて後回しだってかまわない。

脩平は肩に頭を乗せている蒼波の髪の毛に口づけた。

「それに、おれにとって一番きれいなものを見つけたから」

寄り添っている蒼波の肩を抱く。

「え？　あの、それって」

照れてあわあわと狼狽え、頬を染める人が、脩平にとっては一番大事だ。

そう、ここでなによりうつくしいものを脩平は見つけてしまった。

人の身になった彼を撮ってみたいという気持ちがむくむくと湧き起こる。たくさんの表情を——たくさんの笑顔は今度こそ写真に写るだろう、彼のすべてを自分のカメラに収めたい。

好きなものを撮るために、改めてはじめからやり直したくなった。

眩しいまでの太陽の光が、海面に降り注ぐ。水はその光を受けて神々しいまでにきらめいていた。なによりそれに負けないほどうつくしい彼と、圧倒されるようなその光景に心もなにもかも浄《きよ》められる気がする。

「だからずっとおれと一緒にいてくれる?」

訊くと、彼は目を大きく見開く。ちりちりと睫毛《まつげ》が震えていて、目には涙が滲んでいた。

「はい、もちろんです。わたし……人間になって、脩平さんと一緒に年を取っていけるのが本当にうれしい……もうひとりで誰かを見送らなくていいんですね」

「うん。だからさ、おれ、長生きするから。……蒼波よりずっと長生きする。あんたをけっしてひとりになんかしない」

「……脩平さん」

脩平は蒼波の顎を取って、その唇にそっと唇を重ねる。

新しく芽吹いた命の前で誓うようにキスをした。

10・

脩平は家に戻って、蒼波とふたり並び、芳世や両親に「東京へは戻らない。ここで暮らす」と告げた。

「脩平、いいのか」

父が驚いた顔をしていたが、芳世はいつもの不機嫌そうな顔で、ふん、とひとつ鼻を鳴らしただけだ。

今では芳世のそんな態度も脩平には愛情表現のひとつだと思える。

(じいさん、ツンデレすぎんだろ)

そんなことを思いつつ、どうにか奥歯を噛んで、顔がにやけそうになるのを堪えた。

「でさ、おれ蒼波と一緒になるから。だから子どもとか残せないし、おれの代で海渡の本家もなくなっちまうけど」

一息にそう言い切った。

また七年前のように話す先から反対されるだろうか。男同士だからとか、海渡の家のことを考えろとか言われるだろうか。

するると芳世が静かに口を開いた。

「……んなもん、わかっておるわ。おまえがここを出ていったときから、そんなの織り込み済みだ。それに……好き合っている者同士をどうにかしようとは思わん。勝手にせい」

最後に小声で「おまえらがしあわせならそれでいい」とごもご呟いたのを脩平は耳にして、やっぱりツンデレだった、と頬を緩めた。

「それからさ、島の社があったとこに、ちっちゃな木が芽を出して育ってんだ。梛とか榊とか。――宝珠の欠片が落っこちたとこに芽を出してたし、きっといなくなった竜神の代わりだと思うんだよな。これからはその木がこの場所をずっと守ってくれるはずだ。な？　蒼波。そうだろ？」

同意を求めると、蒼波はにっこりと笑う。

「はい。きっと」

蒼波の言葉に、芳世はうんうんと頷く。

「蒼波さんがそうおっしゃるんならそうなんじゃろう。わかった。その木を大事にすればいいんですな」

脩平を見ようとせず、蒼波の方を向いて芳世がデレデレと答えている。

（このクソジジイ……！）

内緒で拳を握り、顔を引き攣らせつつ、鼻の下が伸びきった祖父を見て可愛らしくも思う。こんな祖父の姿だってこれまで見たことがない。

これから先、いつでも仲よく、というわけにはきっといかないだろうけれど、それでも少しずつ自分たち家族も変わっていける、脩平はそう確信していた。

「はいはい、じいさん。蒼波とずっとお喋りしたいのはわかったから。でもとりあえずおしまいな——蒼波、行くぞ」

脩平は立ち上がり、蒼波の手を引いた。

きょとんとしている蒼波に「買い物行くぞ。着るもんがいつまでもそれじゃああんまりだろ」と、早く行くぞと急かす。

面白くない顔をしている芳世をよそに、脩平は父の方へ向き直る。

「ちょっと車借りるから」

あらかじめ持っていた車のキーを掲げ、蒼波を連れてさっさと家を出た。

「なんだかまだ目がチカチカします」

蒼波が車の助手席ではあと息をついた。

「疲れたか？　いろいろ連れ回しちまったからな」

ごめん、と脩平は謝った。

家を出てから少し離れた場所にある、最近できたばかりというショッピングモールへ向かった。

平日とはいえ、賑やかな場所であることに変わりない。それに目にするものすべて蒼波にとっては刺激的だったようだ。

こんな田舎のショッピングモールでさえ目が回っていそうなのに、いきなり東京は無理だったな、やはり東京に連れていかなくて正解だった、と脩平は思う。

できるだけ短時間で、蒼波に合うサイズの服や下着を買う。

どれもこれも似合っていて、うっかりすると買いすぎてしまいそうなくらいだったが、財布の中の金には限りがある。とりあえず困らない分だけを買ったものの、結構な大荷物になってしまい苦笑する。

そしてモール内にあるフードコートで食事をした。

「なに食べたい?」

パスタにカレー、ラーメン、天丼、うどんに、ハンバーガーにフライドチキン。他にもフォーやハンバーグ、たこ焼きまである。リクエストを訊くと返ってきた答えは――。

「チーカマがいいです」

「ち……」

そうだった。あのときやけにチーカマを気に入っていたのだった。だが、フードコートにはそれはない。

それを告げると、あからさまにがっかりした顔をした。

「ごめんな。チーカマは後で買ってやるから別のもんにしよう。そうだ、カレー食べてみよっか」

「かれえ?」

「あれだよ」

指をさすとそこから漂ってくるスパイシーな香りに興味をそそられたのか、「はい」と蒼波は頷いた。

はじめて食べるカレーライスの刺激的な味に蒼波は目を白黒させながら、それでも気に入ったらしい。

「不思議な味ですねえ」

そう言いながら、また食べたいと空になった皿を眺めていて、それがなんだか微笑ましかった。

車の中で蒼波がうとうとと居眠りをはじめてしまったのは、やはり疲れてしまったのだろう。

「着いたぞ」

脩平が蒼波を起こしたのは、それからしばらく経ってからだった。

「あの、脩平さん、ここって……？」

蒼波はきょろきょろと見回す。それもそのはずで、脩平が連れてきたのはホテル。それもいわゆるラブホテルと呼ばれる場所だ。

本当はラブホテルではなくて、シティホテルにでも連れてきたかったが、なにしろここいらあたりにはそんな洒落《しゃれ》たものはない。

観光地なら、リゾートホテルくらいはあるのだがそれすらないのだ。

とはいえ、思いが通じ合って、愛し合っているふたりなのに、海渡の家にいてはなにもできない。

蒼波の喘ぎ声が芳世たちに聞かれてしまうかもしれないと思うと気が気ではなかった。

しかも蒼波といえば、可愛らしい姿で脩平の目の前を歩いている。なので、そろそろ脩平は限界だった。

そんなわけで背に腹は代えられないと、買い物を口実に――いや、買い物だって重要なことだが――いくら声を出しても、どれだけいちゃついても大丈夫なここを選んだのだった。

「わあ、お部屋の中に池があるんですね！」

選んだ部屋は池とプールがあって、プールでは一応泳げることになっている。和風の設えではあるが、なかなか混沌《こんとん》としている部屋で実にシュールだ。

しかし、蒼波は楽しそうに部屋中を見て回っているので、ここでよかったようだ。

「面白いお部屋ですね。……脩平さん、それでここでなにをなさるんですか」

「ん？　そうだな……風呂に入ろうと思って」

「お風呂！　わあ、また脩平さんと一緒に入れるんですね」

風呂と聞いて、蒼波が目を輝かせる。彼にとって脩平と一緒に入ったあの温泉はきっといい思い出になっているのかもしれない。

「それからさ、あとは……」

「あとは？」

首を傾げた蒼波を後ろから抱きしめる。

そして耳朶に口づけると、耳元で囁いた。

「……こういうことする場所なんだよ、ここは」

言いながら、唇を今度は蒼波の首筋に宛がい、手のひらでシャツの上から身体をまさぐった。

「えっ、脩平さん、あのっ」

蒼波は身体をくねらせ脩平の腕の中から逃れようとしたが、逃すまいと腕の力を強める。

「蒼波はしたくない？」

耳朶を噛み、指先で服の上から乳首を摘まむ。

「あっ……！」

びく、と背を反らせ、蒼波は思わずといったように声をあげた。

「人間の身体になったら、やけに敏感になったんじゃない？」

「そ、そんなこと……っ、……んっ」

シャツの下で、乳首が尖り、触るとこりこりした芯を持っていた。

「ほら、やっぱり」

つんとシャツの上からでもわかる乳首の尖りをさらに手のひらで転がすように撫でた。

「……う……はぁ……ん……っ」

脩平は彼のシャツのボタンとひとつずつはずし、ジーンズのボタンもはずす。ファスナーを下ろしてやるとダボダボのジーンズはすぐにすとんと床に落ちた。すぐさま下着も下ろしてしまう。

あとは裾と袖の長いシャツを羽織っただけの蒼波が立っているだけだ。

蒼波が必死でかき寄せようとしているシャツの狭間《はざま》から膨らみかけた陰茎が見えて、やけに卑猥な光景だった。

肩越しに、シャツの合間から見える乳首を指で弄りながら、もう片方の手を彼の股間にあるものに伸ばす。

耳を舌で嬲《なぶ》り、乳首を指先で転がし、そして蒼波の陰茎を緩やかにしごく。

「……ん、……っ、あ、ぁ……」

どれも中途半端な愛撫だ。おそらく蒼波にとってはひどくもどかしいものに違いない。

その証拠に彼の身体が刺激を求めるように、ゆらゆらと揺れている。

ぽたり、と床に蒼波の先走りの蜜がひとつこぼれる。

「あっ」

粗相をしたようで恥ずかしいのか、泣きそうな顔をしながら蒼波が後ろへ顔を振り向けた。

その額にひとつキスを落とす。

「お風呂、一緒に入ろっか」

愛撫の手を止め、そう囁くと、こくりと彼は頷いた。


脩平がシャワーのコックを捻ると、勢いよく湯が落ちてくる。

はじめのうちはスポンジできれいに蒼波の身体を洗ってやった。

くるくるとスポンジを身体に行き来させるとくすぐったそうに蒼波はクスクスと笑う。

泡だらけになった身体を脩平は手のひらで触りだした。ぬるぬるとした蒼波の肌の上を手のひらや指が踊るように触れていく。

「やっ、……ぁ、それ……っ、あっ」

ふたつの玉を揉んで、陰茎をさすると。指先で先をほじると、せっけんの刺激が強いのか、大きく声をあげた。

「ああっ、……やあっ……」

風呂のせいか、やけに声が響いて、それがまた蒼波には恥ずかしいらしい。いやいやと頭を振って長い髪を振り乱した。

「声、響くね」

「やだ……意地悪です……。恥ずかしい……」

「いっぱい声出していいんだって。誰も聞いてないし、ここはそういうところだから」

一度シャワーで泡をすべて洗い流す。

すると蒼波はほっとしたような顔をした。これ以上悪戯《いたずら》を仕掛けられないと思ったのだろう。

脩平は蒼波の後ろに回り、跪いた。

「なっ、なに……?」

困惑したような蒼波の声。

それを無視して、脩平は蒼波の尻たぶを割り開いた。

「やぁっ……!」

脩平は後ろの蕾にキスをした。

久しぶりな上、蒼波が人間になってからははじめての交合だ。きつく窄まっていて、これでは指も入らない。

「蒼波、壁に手をついて。少しお尻こっち」

ふるふると蒼波は首を振ったが、脩平が内股《うちもも》を舌で舐め、手で陰嚢を揉んでやると前屈《まえかが》みになって、自然に壁に手をつくことになってしまった。

「ん、いい子」

卑猥な姿勢を取らされて、蒼波は恥ずかしさのあまりぎゅっと目を瞑ってしまっている。

たっぷりの唾液で脩平は蒼波の蕾を舐め融かした。ちろちろと襞のひとつひとつを丁寧に舐め広げ、舌の先を蕾の中に差し入れる。

「あっ、……ぁ……っ、あ、あ」

それでもまだきつい。

人間の身体になって、はじめての行為だ。無理はさせたくない。竜のときには自分で傷を癒やすことができたけれど、それはもうできないのだから。

脩平は用意しておいたローションのボトルを開けると、それを手のひらにとろりとこぼす。そうして手にまぶすと、少し融けていた蕾の中に指をそっとのめり込ませた。

「あ……っ」

ゆっくりとそこを解すように指を行き来させてやる。やがて指の根元まで飲み込めるようになると、脩平は指の数を二本に増やす。

ただでさえ音が響くバスルームに、ぐちゅぐちゅという音が反響する。

二本から、三本。指の数が増えるとそれに伴って、蒼波の声が色を増してきた。

彼のいいところを擦ってやる。

「ひっ……！　ぁ……あぁ……っ」

指を根本まで飲み込んだ蕾の襞は一瞬きゅうと締まる。少し緩んだところで、かき回すように中を弄ってやると蒼波は壁に手をついたまま背を反らせた。

白い尻にたくさんのキスを落とし、舌で尻の割れ目をなぞる。

さっきから、ぽたぽたと陰茎が雫を落とし、シャワーも出していないのに、床にほんの小さな水溜まりを作っていた。

「しゅ……しゅうへ……ぁ……、んっ」

とろとろになった蕾はひくひくと蠢いている。入れてほしいと脩平を誘っているようだ。

「蒼波、欲しかったら言って」

膝をぶるぶると震わせている蒼波を唆す。

「……もぉ……お願い……」

「なにを？　言って？　どうしてほしいの？　いやらしいこと言ってくれたら蒼波の欲しいのあげる」

意地悪、と啜り泣くような声が聞こえる。

「ごめんね。でも蒼波が可愛いから意地悪したくなる」

理不尽なことを言っているとは思う。けれど、こんなふうに彼のいやらしい姿を見られるのが自分だけかと思うと、歯止めがきかなくなった。

「しゅう……っ、入れて……っ、入れて……中、いっぱい……にして……」

それを聞いた瞬間、理性が飛ぶ音が聞こえた、と脩平は思った。

すぐさま立ち上がると蒼波の腰を引っ摑み、猛りきったものを突き入れた。

「ああ――――ッ！」

ひときわ大きな声を出しながら、蒼波が白い蜜を吐き出した。

「いっちゃったんだ？　すごいよ、いっぱい飛んだ」

ひっく、と蒼波はしゃくり上げながら泣きじゃくる。

「可愛いね、蒼波、可愛い。泣かないで。可愛いところ見せてくれてありがとう」

頭を撫で、首筋にキスをする。

射精したことで、蒼波は崩れ落ちるのではないかと思うほど、ガクガクと膝を震わせていた。脩平はしっかりと蒼波の腰を抱え直すと、落ち着くのを待つ。

そうして脩平のものを深々と飲み込んだ場所が馴染むまで、脩平は蒼波の背をやさしく撫でたり、たくさんのキスを落としたりした。

そのうち物足りなそうに蒼波の中がうねうねとしだした。

「動くよ」

言って、脩平は腰を打ちつける。

ぐっと奥へ腰を入れ、浅く、深く後ろを存分にかき回し、抉った。

「……ん……ぁ、……あ、あ、……ん、ぁ……」

人になった蒼波の中はとても熱く、そしてねっとりと脩平を包み込む。

気持ちがいい。

快楽の熱に浮かされるように、脩平はさらに奥を穿つ。なのにもっともっとと引き込まれるようで、際限がないように思えてくる。

抉って、擦って……それに伴って蒼波の腰も揺れた。

「気持ちいいか……？」

中をかき回しながら訊く。

「……んっ、……いい……っ、きもち……いい……っ、しゅうへ……ぁ……」

呂律の回らなくなってきた口で、蒼波がうわごとのように「いい」と言うのがとてもいやらしい。

もっと気持ちよくさせたい。もっと。

脩平はいったん蒼波からずるりと自分を引き抜いた。

した。

名残惜しそうに蒼波が声をあげ、せつない顔で脩平を見る。その目元にひとつキスを落とした。

「あ……」

「もっと気持ちよくさせるから」

そう言うなり、脩平はシャワーのノズルを手にする。

そうして湯を出した。勢いよく、ざあ、と湯がノズルから飛び出してくる。

脩平は再び蒼波に尻を突き出させ、もう一度彼の中に己を入れた。

何度か中を擦り、奥を抉ったその後。

シャワーの湯を脩平は蒼波の陰茎にあてた。

「────ッ！　あぁあっ！　あぁっ！」

蒼波の陰茎がシャワーの水圧に揺れる。

強く、弱く、脩平は湯をあててやる。直接水の粒があたるその快感が凄まじいのか、はたまた脩平のもので抉られているので快感を得ているのか、蒼波は泣きじゃくって乱れ続けた。

「や……、いやです……！　やめて……、いやぁ……っ」

いや、と言いつつ貪婪《どんらん》に腰を振って、脩平を締めつける。

「いや……っ、壊れる……っ、……ぁっ、いく……っ」

そしてガクガクと身体を揺らすと、きつく後ろを締めつけ、声をあげて二度目の蜜を吐き出す。

ちぎられてしまうのではないかと思うほどの強い締めつけに、脩平も釣られるようにして、蒼波の中に熱いものを迸らせた。


「ごめん。いじめすぎた。悪かった」

謝りながら、抱きしめてなだめるように顔中にキスをする。

ひっくひっく、とベッドに運んでからも蒼波はずっと泣きじゃくっていた。

やりすぎたと反省はしたが、苦痛と快感が背中合わせにあっただろう、蒼波の乱れきった姿を見られたのはかなり満足だった。

「ひどいです……っ、脩平さん……あんなこと……」

言葉も、しゃくり上げる合間に途切れ途切れでしか発することができないようで、落ち着くまでかなりかかりそうだなと、申し訳ない気持ちになる。

「お風呂にも入らなかったし。お風呂……楽しみにしてた……のに……っ、ひっく……」

「ごめんな、ホント、ごめんっ」

「謝れば済むというものでは……ありません……っ、もう……脩平さんのバカ……っ」

　バシバシと肩を平手で叩くのを甘んじて受け止めながら、こういうのも可愛いと思ってしまう自分は、本当に惚れきっているのだなと思う。

　早いとこ、他に家を見つけてあの家から出ないといけない。溜め込むと限度というものを考えなくなってしまう。

　でも……たまにはこういうのもいいかも、と疲れきってとうとう眠ってしまった蒼波の寝顔を見ながら、だらしなく頬を緩める。

　ただ、もう、彼の竜の姿が見られなくなったのがさみしい。

　あの柔らかくきれいな鱗をまとった小さな竜――。

「おれのために……力使い果たしちまったからな……」

　人としてここに留められてはいて、生きてはいるものの、本当のところ彼はどう思っているのだろう。

　竜のままでいたかったのだとしたら――。

　彼が竜だったとき、彼をよく抱きしめながら眠った。

　そのときと同じように、脩平は眠っている蒼波を抱きしめる。

「おれはあんたがさみしくないように一緒にいるよ。これからずっと。あんたが死ぬまでずっと」

　蒼波に頬を寄せると、ふとどこかからか、海の波の音が聞こえたような気がした。

あとがき

こんにちは、淡路水と申します。シャレード文庫さんでははじめましてになります。

このたびは、「うちの嫁がすごい～だって竜神～」をお手にとってくださいましてありがとうございました。

ほのぼの、いちゃ甘を目指した話でしたがいかがだったでしょうか。可愛い話になあれ、とひたすら念じながら書いた話だったので、可愛い話になっていたらいいなあと思います。

そして他社刊を含めてのわたしの本がこの本で五冊目となりました。デビュー当時は五冊の本を出すなんて思っていませんでしたから、なんだかとても感慨深いです。

シャレード文庫さんでのお仕事は初めてで、とても緊張いたしましたが、担当様のおかげでここまでやってこられました。特に、タイトル……！　わたしはタイトルセンスがまるでなく、しかも今回はどこをどうやってもこれっぽっちも浮かばなくてとうとう担当様にSOSを求めた次第です。するとすぐにタイトル候補として挙げてくださった中のひとつがこのタイトルでした。拝見した瞬間から一目惚れで、「天才だ……！担当様は天才だ……！」と思ってしまったほど気に入ったのです。その後一応わたしもいくつか候補を挙げましたが、こちらへ決定ということでわたしもとても満足です！いろいろとご迷惑をおかけしてしまいましてすみません。感謝のひと言に尽きます。

また、今回はイラストを駒城ミチヲ先生にお引き受けいただきました。かねてよりファンだった駒城先生にお引き受けいただき、書くテンションが上がったのは言うまでもありません。今からできあがりがすごく楽しみです！本当にありがとうございました。とても楽しく書かせていただいたこのお話、読んでくださった皆様にも楽しい気持ちが伝わっているとうれしいです。

最後に、たいへんお世話になりました担当様はじめ、編集部の皆様、そしていつもわたしを応援くださり、支えてくださっている読者様や友達の皆様には心から感謝いたします。五冊、なんとか出すことができたのも皆様方のおかげと思っております。本当にありがとうございました。また次の本でお目にかかれましたらさいわいです。

淡路水

淡路水先生、駒城ミチヲ先生へのお便り、
本作品に関するご意見、ご感想などは
〒101-8405
東京都千代田区三崎町2-18-11
二見書房　シャレード文庫
「うちの嫁がすごい～だって竜神～」係まで。

本作品は書き下ろしです

CHARADE BUNKO

うちの嫁《よめ》がすごい～だって竜神《りゅうじん》～

【著者】淡路水《あわじすい》

【発行所】株式会社二見書房
東京都千代田区三崎町2-18-11
電話　03(3515)2311[営業]
　　　03(3515)2314[編集]
振替　00170-4-2639
【印刷】株式会社堀内印刷所
【製本】ナショナル製本協同組合

落丁・乱丁本はお取り替えいたします。
定価は、カバーに表示してあります。

ISBN978-4-576-16066-5

http://charade.futami.co.jp/